O crime do bom nazista

Samir Machado de Machado

O crime do bom nazista

todavia

Nunca se preocupe com aquilo de que você está escapando.
Reserve sua ansiedade para o que você está escapando.

Michael Chabon, *As incríveis*
aventuras de Kavalier & Clay

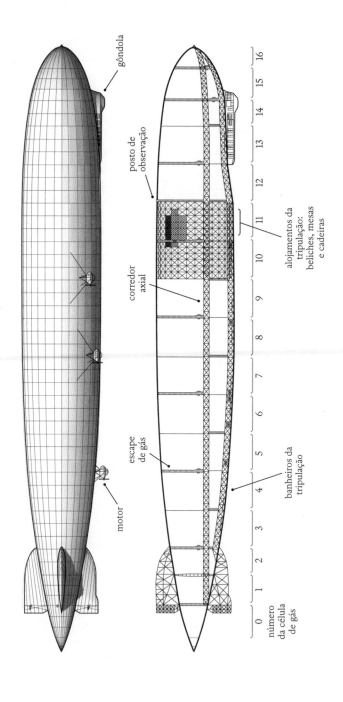

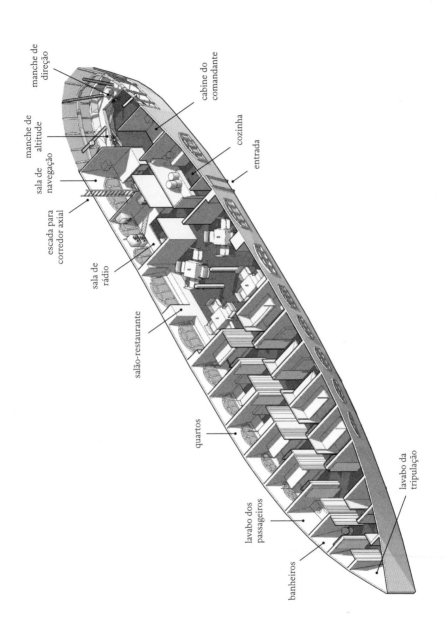

Planta do LZ 127 *Graf Zeppelin* e sua gôndola

I

Surgiu nos céus de Recife feito uma valquíria, avançando por entre as nuvens com uma serenidade que disfarçava sua marcha veloz. Visto de frente era apenas um disco de prata, um escudo cintilante. No entanto, conforme progredia era modelado pela luz que o atingia em todas as faces, e suas formas longilíneas disfarçavam a assombrosa realidade: naquele momento, sessenta e sete toneladas flutuavam com elegância sobre Pernambuco.

Três anos antes, sua primeira passagem pela cidade motivara um feriado municipal e levara multidões às ruas. Mas essa não era mais a primeira nem tampouco seria a última de suas muitas viagens para o Brasil — ao todo dez por ano —, entre os meses de junho e outubro, feitas com regularidade germânica sem que jamais ocorresse algum acidente. E, ainda que não houvesse mais feriado nem multidões, mesmo assim permanecia o olhar fascinado das pessoas nas janelas das casas, dos meninos na rua, de qualquer um que tivesse sua rotina atravessada pela visão daquele colosso de duzentos e trinta metros.

Eram quatro da tarde quando as amarras foram presas à torre de atracação, e o LZ 127 *Graf Zeppelin* tocou o chão do Campo do Jiquiá, em Recife. Primeiro entrou o pessoal da alfândega, da polícia marítima e da saúde do porto, para a inspeção de praxe. Em seguida, os passageiros desceram. Para alguns, era o destino final. Para outros, levados de carro até o Hotel Central, era a última oportunidade, depois de quase três dias de travessia atlântica, de esticar as pernas ou de fumar (o que, naturalmente, não era permitido a bordo), antes de seguirem caminho por mais um dia e meio de viagem, até o Rio de Janeiro.

O Hotel Central era o prédio mais alto da cidade, uma torre amarelo ovo no estilo que apenas nos últimos tempos se convencionara chamar art déco. Seu restaurante se localizava no sétimo andar. Ali, com uma vista panorâmica para a cidade, um conjunto de mesas era reservado aos passageiros da Luftschiffbau Zeppelin, tanto para os que estavam em trânsito quanto para aqueles que ainda aguardavam para embarcar.

E dentre eles, sentado sozinho em uma mesa, estava Bruno Brückner.

Uma olhadela na data de nascimento em seu passaporte nos diria sua idade: trinta e dois anos. Estatura: mediana. Formato do rosto: oval. Cor dos olhos: cinzentos. Naturalidade: Berlim. Trabalho: *Kriminalpolizei*, polícia criminal. Uma cicatriz recente no lado direito da face, que ia da têmpora até a metade da bochecha, dava certo ar de perigo a sua figura, que, de resto, ostentava um olhar neutro e distante de indiferença. O pingente com a suástica afixado no terno indicava sua filiação ao partido que, aos poucos, ia se entranhando em cada aspecto da vida cotidiana alemã.

Bruno bebia sozinho seu uísque com soda enquanto lia entediado um exemplar recente do *Aurora Alemã*, semanário do partido nazista publicado em São Paulo pela embaixada. As notícias, que datavam já de alguns meses, davam conta de que, um ano depois de terem conquistado a maioria no Parlamento, e assim consagrado seu líder como chanceler, os nazistas agora aprovavam a Lei de Concessão de Plenos Poderes, dando poder absoluto ao Führer para criar leis, sem ser incomodado pelo Parlamento ou por tribunais de justiça.

Bruno pôs o jornal de lado. Tirou do bolso do colete um envelope de papel pardo e, do interior, um cartão que seu sobrinho lhe entregara ainda na estação de trem em Berlim, antes de partir para o campo de pouso da LZ em Friedrichshafen. No desenho do menino, o dirigível sorria como uma grande baleia voadora. O pequeno Josef desenhara seu tio no interior daquela baleia, de chapéu e com a mão erguida em despedida, como se ele fosse o proverbial profeta bíblico.

Bruno sorriu, devolveu o cartão ao envelope e o guardou no bolso, tentando voltar sua atenção para o jornal. As notícias eram dadas sempre com o mesmo tom otimista e tedioso da propaganda partidária que, agora, era a voz de um governo que pretendia fundir seu partido à própria identidade nacional: ser alemão passaria a significar, necessariamente, ser nazista. E, fiel às suas crenças na superioridade racial alemã, o jornal se ancorava em seu lema totalizante: "Alemanha acima de tudo". Ame-a ou deixe-a.

Bruno se cansou do jornal e olhou para o salão, buscando identificar quais de seus companheiros de viagem, naqueles dois dias sobre o oceano, mantinham-se no grupo que seguiria até o Rio. Seus hábitos discretos o fizeram interagir pouco com eles. Ao longo da viagem, preferira acordar cedo e tomar o desjejum sozinho, antes dos demais, e passava a maior parte do tempo lendo, fosse no salão ou em sua cabine, o que coibia os demais de puxarem conversa. Seu ar de enfado também se justificava por, nos últimos dois dias, não haver muita paisagem a se olhar: de qualquer janela, o que se via era sempre o mesmo horizonte atlântico, tedioso e infinito. Com isso, angariara o desinteresse dos demais passageiros, que mal o notavam e, quando o faziam, o tomavam por recluso e discreto.

Dentre os presentes havia rostos novos, mas um deles lhe pareceu familiar. Era um homem de idade próxima à sua, de cabelos escuros como azeviche, penteados para trás e rigidamente fixos sob o lustre da brilhantina. Também se sentava sozinho, e apesar do calor, vestia um sobretudo negro como se aguardasse a qualquer momento a chegada de um inverno improvável naquela cidade. Segurava uma maleta de couro com as mãos, de um jeito protetor, e por um instante pareceu a Bruno que o outro o estava encarando de modo insistente. Encarou-o de volta, e, por instinto ou educação, o outro desviou o olhar, voltando a deambular pelo salão, sombrio e blasé como em uma pintura de Tamara de Lempicka.

Não se lembrava de tê-lo visto a bordo, portanto julgou que fosse hóspede do hotel, ou então um passageiro aguardando para ser levado ao embarque. Bruno terminou seu uísque com soda pouco antes de um funcionário do hotel vir avisá-los de que os táxis que os levariam de volta ao zepelim já os aguardavam na entrada. Ao se levantar, notou que o outro também se levantara, dirigindo-se ao elevador com os demais.

Era um passageiro, portanto, concluiu Bruno.

Às seis e meia, o sol se pôs e os táxis devolveram os passageiros ao Campo do Jiquiá. Ao entrarem, assim como ocorreu no embarque na Alemanha, cada passageiro recebeu do serviço de bordo um guardanapo de linho branco, dentro de um envelope personalizado, guardanapo este que cada um deveria manter consigo e reutilizar até o fim da viagem, sob a justificativa de diminuir o peso a bordo. Bruno não via que diferença uma meia dúzia de guardanapos faria na tonelagem daquele leviatã e desconfiava que aquilo era feito para contornar a ausência de uma lavanderia.

Assim que entrou em sua cabine, Bruno viu que o aguardava, na mesinha diante da janela, outro uísque com soda. Era um dos pequenos detalhes que fazia o serviço ser tão elogiado. Ao lado da bebida havia uma lista, datilografada, com os nomes de todos os passageiros a bordo. Notou o acréscimo de diversos nomes brasileiros, com sobrenomes como Botelho,

Tavares, Correia, quase sempre homens e quase todos com a mesma ocupação: o comércio.

Era compreensível. Mesmo quem quisesse percorrer apenas aquele trajeto de um dia e meio entre Recife e o Rio, velejando pelos ares e sentindo-se como um personagem de Verne, precisaria desembolsar mil e quatrocentos reichsmarks. Estar ali era uma pequena extravagância que aqueles homens concediam a si e a suas esposas.

Como, aliás, o próprio Bruno se concedera. Poderia ter vindo ao Brasil de navio, decerto seria mais barato, mas passar quinze dias se balançando em alto-mar não lhe agradava. E, como não havia ainda aviões de passageiros que cruzassem o oceano, a única outra forma disponível para um passageiro atravessar o Atlântico da Europa à América era viajar pelos ares com a Luftschiffbau Zeppelin.

Ao olhar a lista, notou também que, entre desembarcados e embarcados, apenas um novo nome alemão surgira entre os já presentes desde a partida em Friedrichshafen: Otto Klein. Julgou que era esse o nome do sujeito no hotel.

Bruno sentou-se no sofá, bebeu seu uísque com soda e contemplou o gramado da pista de pouso. A verdade é que não havia muita coisa a fazer ali dentro senão comer, dormir e socializar — a gôndola de passageiros não era muito maior do que um vagão de trem de luxo. Na proa, ficavam a cabine de comando, a sala de navegação, a sala de rádio e a cozinha — uma saleta minúscula que se gabava de ser a primeira cozinha de alumínio do mundo. No centro da gôndola, localizava-se o salão-restaurante. E na popa, separadas por um estreito corredor, havia de cada lado uma fileira de cabines, pequenas porém confortáveis. Ao fim do corredor, ficavam os lavabos e os banheiros.

Às oito horas da noite, entregues e recolhidas as malas postais, reabastecidas de gás hidrogênio as doze imensas bolsas de ar, as amarras foram cortadas e o zepelim partiu. Pouco depois de terem levantado voo, o comissário-chefe Heinrich Kubis bateu à porta de cada cabine, avisando os passageiros que o jantar seria servido em breve.

Bruno puxou a maleta de viagens, guardou suas coisas e saiu da cabine, cujo sofá seria desmontado pelo camareiro e preparado como cama. E então, entrou no salão-restaurante que dominava o centro da gôndola do zepelim. Depois de dar uma boa olhada no salão-restaurante e em cada um dos passageiros, Bruno escolheu para si uma das mesas ainda não ocupadas — a que ficava mais perto da proa, ao lado das janelas de estibordo.

Os assentos de madeira eram estofados com estampas florais requintadas, as mesas cobertas por finas toalhas de linho, o papel de parede tinha arabescos art nouveau, e cortinas emolduravam as janelas. O lugar transmitia uma leve sensação de saudosismo, como se ali se pudesse voltar ao mundo anterior à Grande Guerra.

Mas regressar àquele mundo de luxos e comodismos abundantes seria voltar, inevitavelmente, à iminência da guerra, pois esta havia sido a consequência natural daqueles tempos. Ele tinha doze anos quando a guerra começou, e dezesseis quando terminou. Ela fora sua adolescência. E quem, pensou Bruno, tendo chegado à idade adulta, realmente gostaria de reviver aquela adolescência do mundo?

2

Fiel ao espírito nacionalista de seu tempo, a experiência gastronômica proposta pela Zeppelin a bordo de seus dirigíveis não era a de oferecer o melhor da culinária *mundial*, mas sim o melhor da culinária *alemã*, da qual se pode dizer que jamais foi acusada de leveza e suculência, mas a que se deve dar o devido mérito por provocar em seu povo o contínuo questionamento do sentido da existência, ajudando a formar gerações e gerações de grandes filósofos. Contudo, ao longo da viagem, algumas concessões precisavam ser feitas às culinárias locais, conforme se abasteciam a cada pouso, e isso garantia certa variedade à mesa.

Bruno pegou o cardápio do jantar daquela noite, disposto sobre a mesa em um cartão timbrado da LZ, datilografado em alemão e português:

Auf See zwischen Pernambuco/Rio de Janeiro 16/10/1933
No alto-mar entre Pernambuco/Rio de Janeiro 16/10/1933

Reisen nº 257 · Viagem nº 257

Abendessen:	Jantar:
Tapioka-Suppe	Sopa de tapioca
Kalbfleisch in Sahnesauce	Vitela ao molho de nata
mit Spaghetti	com espaguete
Geröstete Pfifferlinge	Cogumelos cantarelos assados
Salat aux fines herbes	Salada aux fines herbes
Verschiedene Käsesorten	Queijos diversos
Nachtisch:	Sobremesa:
Vanille-Eiscreme	Sorvete de baunilha

Bruno pediu uma soda de laranja para acompanhar a refeição. Então esperou. A mesa que escolhera fornecia cinco lugares: havia três poltronas e um canapé onde poderiam se sentar duas pessoas. Como estava se sentindo espaçoso naquela noite, sentara-se no canapé, de modo a ter uma boa visão de quem entrasse no salão-restaurante vindo das cabines.

Conforme mais passageiros foram chegando, não tardou para que o acaso se encarregasse de preencher as cadeiras vagas em sua mesa. Eram pessoas com quem Bruno conversara apenas de passagem nos últimos dois dias.

A primeira a sentar-se foi a baronesa Fridegunde van Hattem. Ainda que sua idade fosse segredo de Estado, uma olhadela em seu passaporte revelava que ela tinha cinquenta e quatro anos. Estatura: mediana. Formato do rosto: oval. Cor dos olhos: azul. Naturalidade: Viena. Trabalho: *Haus- und Familienarbeit*, embora nunca tenha executado nenhum dos serviços domésticos de uma dona de casa — para isso, contava com os inúmeros criados, todos deixados para trás em sua mansão.

A baronesa tinha a personalidade forte e dominadora de quem, tendo nascido em bom berço, frequentado a alta sociedade desde a infância e se casado bem, simplesmente não estava acostumada à ideia de não ter sua vontade satisfeita a cada instante. Sua voz era um pouco rouca, quase masculina, oriunda dos muitos cigarros que costumava fumar em longas piteiras, e que muito a contragosto deixava de fumar a bordo do dirigível. Era seu costume, ou ao menos foi o que disse a Bruno, viajar todo ano para fugir do inverno europeu, passando longas temporadas no Copacabana Palace.

— Faz cinco anos que não vejo um inverno — dizia.

O segundo era o dr. Karl Kass Völegler. Seu passaporte lhe dava quarenta e quatro anos. Estatura: alta. Formato do rosto: triangular. Cor dos olhos: azul. Naturalidade: Düsseldorf. Trabalho: *Sanitätsarzt*, médico sanitarista. Sua testa era imensa, impressão reforçada pela calvície que lhe mantivera cabelos apenas nas têmporas. Usava aquele bigode estreito e curto, raspado nas bordas, que estava popular de norte a sul do globo, estampando desde os lábios do chanceler Hitler aos do escritor Monteiro Lobato, e a que se dava o nome de "bigode de brocha" — em referência, supõe-se, ao fato de parecer pintado a pincel, como era o caso de Carlitos, mas não se pode dizer o mesmo dos demais.

Havia um quê de ator expressionista em sua figura, a pele muito clara, quase pálida, para a qual o calor e o sol brasileiro seriam inclementes. Suas mãos, com dedos longos de juntas nodosas, moviam-se pela mesa como se fossem um par de aranhas albinas adestradas que, ao saírem para lhe alcançar um talher, um copo, o guardanapo, qualquer coisa, morriam contraindo as patas sempre que seu punho se fechava sobre algo.

O doutor tinha a postura empolgada dos palestrantes contumazes, e viajava a convite da Embaixada alemã no Brasil para participar do Congresso Brasileiro de Eugenia, onde palestraria para a Sociedade Eugenista de São Paulo sobre o tópico dos danos da mestiçagem às nações.

— Não pensei que um país como o Brasil fosse se interessar tanto pela questão — disse Bruno. — Mas, confesso, conheço pouco da sua gente.

— O país está se modernizando! — disse a baronesa Van Hattem. — O Rio de Janeiro é lindo! E estão muito interessados nas questões higienistas. Naturalmente, com a quantidade de mestiços que há por lá... Por isso estimularam tanto a imigração europeia, em especial a alemã.

— Sim, é preciso branquear o sangue da nação — concordou o dr. Vöegler. — Essa é justamente a questão que pretendo expor aos meus colegas brasileiros. Eles acreditam que barrando a entrada de imigrantes asiáticos e africanos, e estimulando a de italianos e alemães, a superioridade do sangue branco sobre o sangue negroide bastaria para embranquecer a raça.

— E não basta? — perguntou a baronesa.

— Não, claro que não — disse o dr. Vöegler. — É preciso também que se promova uma consciência eugênica entre os jovens. Que sejam estimulados, por exemplo, a não contrair matrimônio com raças e classes sociais inferiores, para que assim as raças puras tenham mais filhos do que as raças degeneradas, e, claro, evitem a proliferação de mestiços.

O chefe Kubis, comissário de bordo, chegou à mesa e os dois pediram as bebidas. A baronesa pediu um gim-tônica, e o dr. Vöegler, água pura.

— E há também que se esterilizar os indesejáveis, claro — retomou o dr. Vöegler. — Foi o que falei em correspondência ao dr. Renato Kehl. Os brasileiros estão eufóricos com nosso trabalho! Soube que está em andamento uma proposta para inserir na nova Constituição, se é que já não está lá, pois não acompanho a política brasileira, um artigo que determine como obrigação do Estado "estimular a educação eugênica".

— E como se faz isso? — perguntou Bruno, mais por educação do que por interesse, pois sua atenção fora atraída por um recém-chegado, perguntando se aquela cadeira estava vaga. — Ah, sim, fique à vontade.

— Patrocinando concursos de beleza, por exemplo — explicou o dr. Vöegler, que imediatamente se virou para o recém-chegado.

O rapaz que se sentara entre eles — de uma beleza atlética e apolínea, como só se encontra nas ilustrações de moda e nos cartazes nacionalistas — destacava-se mais do que qualquer outra coisa, e parecia estar ciente disso.

— Dr. Vöegler, baronesa, que noite agradável, não é mesmo? — cumprimentou ele, sentando-se. — Já o senhor e eu não fomos apresentados ainda. Muito prazer, sou Mr. Hay. William Hay. Mas pode me chamar de Willy.

Uma espiada em seu passaporte revela a idade de vinte e sete anos. Estatura: alta. Formato do rosto: quadrado. Cor dos olhos: castanha. Naturalidade: Londres. Trabalho: (espaço em branco). Tinha o olhar confiante e debochado dos galãs de filmes mudos, e, como logo iriam descobrir, o humor irônico, preciso e *debonair* de inglês bem-nascido, alimentado desde o berço pela crença de que carregava consigo, onde quer que fosse, o fardo de representar a única sociedade civilizada possível. O comissário-chefe Kubis veio à mesa perguntar o que ele gostaria de beber.

— Que carne teremos hoje...? Ah, vitela — disse Mr. Hay. — Isso pede um bom vinho branco. Traga o Puligny-Montrachet. Bebem comigo?

— Eu nunca bebo — disse o dr. Vöegler, indicando seu copo d'água.

— Oh, eu o acompanharei no vinho, Mr. Hay, assim que terminar meu gim-tônica — disse a baronesa.

Bruno também assentiu, e Mr. Hay pediu o vinho.

— Perdão, interrompi a conversa — disse Mr. Hay. — Sobre o que falavam?

— Sobre os padrões ideais de beleza — disse a baronesa, com um sorriso insinuante. — Assunto com o qual o senhor certamente está familiarizado.

— Ah, sim, naturalmente — e voltou-se para os demais. — Ontem, eu e a baronesa Van Hattem conversamos no café da manhã sobre arte. Estudei história da arte em Cambridge, e a senhora baronesa, pelo que sei, é ávida colecionadora.

— De que tipo de arte, senhora baronesa? — perguntou Bruno.

— Da única verdadeira arte — disse ela. — Não essas coisas sórdidas e degeneradas que se pinta agora e se passa por arte. Tudo é tão nojento! Cubismo, impressionismo, surrealismo, dadaísmo, não importa que "ismo" lhes dê, são sempre coisas muito sórdidas. E sempre há um judeu por trás. *Ein Skandal!*

— Qual é o problema em relação aos judeus e à arte?

— Que tudo o que fazem é horroroso, distorcido — disse a baronesa.

— Sim, apenas artistas racialmente puros podem produzir uma arte sadia — emendou o dr. Vöegler —, que sustente os ideais eternos da beleza clássica.

— Ah, sim, a beleza *clássica* — retomou Mr. Hay. — Não entendo qual o problema em continuar pintando belos retratos realistas, como se fazia antigamente. Agora se aceita que as formas clássicas sejam estilizadas, deformadas, e chamam isso de arte? O modernismo é uma doença, uma deformidade artística. Olhe Picasso: seus primeiros trabalhos eram bastante aceitáveis. Agora, você olha um quadro dele e não sabe dizer se um rosto está de frente ou de lado, provavelmente são ambos ao mesmo tempo. Onde já se viu uma coisa dessas? E olhe aquelas pinturas grotescas de Chagall e diga se não são uma revelação da alma racial judaica? Qual o sentido daquelas figuras escuras, sombrias? Fazer o negro se tornar o ideal racial? Mesmo Van Gogh, que agora passaram a tratar como grande gênio, apesar daqueles seus traços rudes... a natureza vista pelos olhos de uma mente doentia. A loucura se tornou método, agora? Pfff! — soltou um suspiro e, percebendo que havia um homem de pé a seu lado, voltou-se para ele: — Ah, pois não?

Bruno, que dividia a atenção entre seu prato e a conversa, sorriu ao reconhecer ali, de pé, aquele mesmo alemão que vira no hotel em Recife. Rosto oval, olhos cinzentos, olheiras fundas, a testa luzidia como se tivesse sido polida. E agora, percebia que ele também usava um pingente de suástica na lapela. O recém-chegado apontou o lugar vago ao lado de Bruno, no canapé.

— O senhor se importa que eu me sente ao seu lado? — perguntou em alemão com sotaque de Munique.

— De modo algum — disse Bruno, dando-lhe espaço. — Senhor...?

— Klein — o homem os cumprimentou. — Otto Klein.

— Muito prazer. Sou Bruno Brückner. Estes são a baronesa Van Hattem, o dr. Vöegler e Mr. Hay, que é inglês. Fique à vontade, Herr Klein. O senhor embarcou em Recife, não? Creio tê-lo visto no restaurante do hotel, mas não me lembro do senhor conosco a bordo antes disso.

— De fato, embarquei em Recife — disse, sentando-se ao lado de Bruno. — Tenho negócios em Buenos Aires, e pretendia viajar de trem até o Rio, para depois seguir de avião até a Argentina. Mas, quando vi que a data batia com a chegada do zepelim, pensei: "Por que não?". Nunca havia voado antes num dirigível.

— Qual seu ramo de negócios, Herr Klein? — perguntou Mr. Hay.

— Importação de café — disse Otto Klein.

— Ah, que coincidência. Minha família atua nesse ramo há vários anos, na Hay & Sons. Talvez o senhor até mesmo conheça meu pai, Douglas Hay, que...

— Oh, não, não. Acabei de entrar neste ramo. Tenho um contrato com o governo para fornecer café ao Exército alemão.

— É mesmo? Que oportuno. Mas com que o senhor trabalhava antes?

Otto Klein pareceu levemente constrangido com a pergunta.

— Eu tinha um pequeno empório em Munique...

E mais não precisava ser dito, pois todos compreenderam. A baronesa reagiu a isso com um erguer de sobrancelhas e uma expressão fria, o desdém natural do dinheiro velho pelo *nouveau riche*. Uma mudança de governo sempre cria oportunidades, mas era curioso, pensou Bruno, que um pequeno comerciante de Munique, um homem tão comum quanto medíocre como Otto Klein, de súbito tivesse em mãos contratos generosos de fornecimento para o governo. O que por si só já devia ter-lhe aberto crédito em muitos bancos. Otto Klein sentiu o desdém da baronesa, sendo visivelmente acometido pela sensação de estar deslocado, fora de seu ambiente natural.

Sobressaltou-se ao ouvir o estouro da rolha. O chefe Kubis começou a servir o vinho, e Mr. Hay ofereceu um cálice a Herr Klein.

— Não sabia que este voo ia até Buenos Aires — disse Bruno, mudando o assunto.

— Este nosso não vai — explicou a baronesa. — Há somente duas datas por ano em que o zepelim vai até a Argentina. Nas demais ocasiões, é feita uma conexão por avião no Rio de Janeiro, com o Syndicato Condor.

Em seguida, os pratos foram todos servidos, os guardanapos foram abertos e presos ao pescoço, e a baronesa aproveitou para pedir ao chefe Kubis que lhe trouxesse outro gim-tônica. Bruno percebeu que ela quase não tocara no vinho.

— De que estávamos falando mesmo, antes de Herr Klein chegar? Era algo interessante... — disse a baronesa, que obviamente não incluía os negócios de Otto Klein em seu rol de assuntos interessantes.

— De arte degenerada. E de judeus — disse Bruno, que se voltou para Otto Klein. — O senhor não é um desses artistas modernos, imagino?

— Ou um judeu... — comentou Mr. Hay, em um chiste.

— Ora... que absurdo! Claro que não! — Klein pareceu ficar muito irritado e nervoso com a mera possibilidade de que o considerassem pertencente a qualquer uma das duas categorias. — Questionar a pureza do meu...

— Paz, Herr Klein — pediu Bruno, rindo. — Mr. Hay apenas o estava provocando. Creio que as sutilezas do seu humor inglês costumem passar despercebidas a nós, alemães...

— De fato, foi apenas uma brincadeira — garantiu Mr. Hay.

Otto Klein soltou um grunhido, e o silêncio que dominou a mesa, embora fosse em grande parte motivado pela fome que os fazia se dedicarem aos pratos, tornou-se também um silêncio constrangido para o recém-chegado.

Passado um tempo, quando o próprio comissário-chefe veio recolher os pratos e perguntar a eles se poderia servir a sobremesa, todos responderam que sim.

— Mas, voltando à nossa discussão anterior — retomou Mr. Hay —, por mais que eu compartilhe do seu desgosto para com as artes modernas, baronesa, não basta apenas ignorá-las? Não as admirar?

— A tolerância aos degenerados pode ser perigosa, Mr. Hay, sobretudo nas artes — disse o dr. Vöegler. — Sei que muitos podem pensar que "Ah, é apenas uma pintura, apenas um desenho, não é nada demais", mas, se continuarmos nesse caminho, vá ver onde vamos parar... É preciso marcar uma posição, escolher um lado. E eu, assim como muitos alemães, mostramos nas urnas que um lado foi escolhido, um lado com crenças, valores e ideais. Os ideais do nazismo.

— E a senhora, baronesa? — disse Mr. Hay, voltando-se para ela. — Na sua opinião de colecionadora e patronnesse das artes, qual será agora o caminho para a arte na Alemanha?

— Ah, eu concordo com o que o ministro Goebbels falou em maio — disse a baronesa Van Hattem. — A arte alemã da próxima década precisa ser heroica, ferrenhamente romântica, objetiva e livre de sentimentalismos. Precisa ser imperativa e vinculada às aspirações do povo, ou então não será nada. Eu realmente não entendo qual seria o problema de continuarem pintando ao modo realista, como no passado — o comissário pôs à mesa os pratinhos com o sorvete de baunilha. A baronesa continuou: — Como o senhor mesmo disse, Mr. Hay, o que aconteceu para que, de uma hora para outra, tenham parado de pintar belos quadros realistas?

— A fotografia, talvez? — disse Bruno, com uma ponta de insuspeita ironia.

A baronesa estalou a língua e deu de ombros.

Em seguida, olhou para seu sorvete e disse:

— Oh, acho que o senhor pegou minha colher de sobremesa, Mr. Hay.

— Não, esta é a minha — disse o inglês. — Talvez tenha caído para baixo da mesa, não? Deixe-me ver... oh, sim. Está ali, aos pés de Herr Klein.

Todos os demais se reclinaram para trás, para olhar embaixo da mesa.

— Permita-me, baronesa. Creio que consigo alcançá-la — disse Otto Klein.

Mas, enquanto ele se curvava atrás da colher, o dr. Vöegler já havia chamado o chefe Kubis para solicitar outro talher à baronesa.

— Oh, não se incomode, senhor, deixe que faço isso — disse o chefe Kubis.

— Não há necessidade, já a peguei. Aqui está — disse Otto Klein, levantando a colher como se fosse a própria Excalibur nas mãos da Dama do Lago e entregando-a ao comissário-chefe, enquanto este buscava outro talher para a baronesa.

— Aliás, traga-me mais um gim-tônica, sim? — pediu a baronesa.

Os demais começaram a tomar o sorvete.

— Mas, como dizíamos — retomou a baronesa —, aguardo ansiosa por um resgate dos valores clássicos, para que a arte volte a ser bela e moral, como deve.

— Sim, certamente — concordou Mr. Hay. — Sou um esteta, um grande apreciador dos ideais de beleza clássicos, em especial os greco-romanos... — Em seguida, emendou: — Mas devo admitir que o resgate dos ideais clássicos, os exercícios físicos ao ar livre, a ênfase no corpo saudável e viril moldado pela vida campestre... há valor nisso.

— O senhor, meu caro, se fosse alemão, seria um belo exemplar da raça ariana — disse o dr. Vöegler. — Só de olhá-lo, sei que não há um ramo de impureza no seu sangue.

— É mesmo? — perguntou Mr. Hay. — O senhor acha mesmo possível analisar isso, só de vista? Herr Klein aqui pode dormir tranquilo, então?

— É outra das suas piadas, Mr. Hay? — rosnou Otto Klein. — Avise-nos quando devemos rir.

— O senhor não deveria se deixar perturbar por um chiste tão pueril — disse Bruno. — A não ser que tenha motivos para isso...

Otto Klein largou a colher de sobremesa sobre o prato com estrépito e encarou Bruno Brückner com irritação.

E então suas sobrancelhas se uniram em um estranhamento.

— O senhor... me é familiar. Já nos conhecemos?

— É muito curioso que o senhor me pergunte isso — disse Bruno, recostando-se no canapé. — Pois algumas horas atrás, quando o vi no hotel em Recife, também tive essa sensação. É possível, sim, embora não possa dizer com certeza. Mas, claro, considerando meu ramo de atuação profissional, as pessoas não costumam gostar quando as reconheço.

— Por quê? No que o senhor trabalha? — perguntou Otto Klein.

— Sou policial em Berlim — respondeu com um sorriso.

Pôde-se ver a hesitação constrangida no rosto de Otto Klein. Não que isso, por si só, pudesse significar muito: antes de os alemães se vestirem com a elegância sóbria que Hugo Boss desenhara para os nazistas, todos que foram jovens durante a República de Weimar tiveram um passado não tão sóbrio.

Otto Klein terminou de tomar seu sorvete em silêncio. Parecia estar cada vez menos à vontade, até que pediu licença, alegando uma súbita enxaqueca, e anunciou que iria se recolher à sua cabine. O dr. Vöegler se levantou de sua cadeira, dando espaço para que Klein saísse do canapé no qual parecia agora um tanto encurralado, e lhe deu um afável toque no ombro quando este passou a seu lado.

Assim que Klein saiu do salão-restaurante, a baronesa foi a primeira a se inclinar sobre a mesa, murmurando em tom de confidência:

— Que sujeito estranho, não acharam?

— Como alguém vai de pequeno comerciante a grande importador de uma hora para outra? — perguntou Mr. Hay. — Se ele for mesmo quem diz ser...

— Tem acontecido muito este ano, com o novo governo — disse Bruno. — Mas na lista de passageiros estava mesmo listado como "comerciante", sem especificar de quê.

— Um comerciante pode ser qualquer coisa... — disse Mr. Hay.

— E um contrabandista não deixa de ser um — lembrou o dr. Vöegler.

— O senhor acha que ele pode ser algum tipo de criminoso? — perguntou a baronesa, voltando-se para Bruno com um ar mais de empolgação do que de temor. — Como nos livros daquela escritora inglesa, a que escreveu *Die Frau im Kimono...* não lembro o nome.

— Quem sabe? — Bruno achou a ideia divertida. — Mas, se for assim, não deve ser um criminoso qualquer, se pode pagar uma passagem de dirigível.

— Um contrabandista, como falei — disse o dr. Vöegler.

— De joias! — empolgou-se Mr. Hay, como se em um jogo de adivinhação.

— Os judeus são hábeis em lidar com joias... — lembrou a baronesa.

— Ele ficou olhando para mim de modo muito estranho — observou Mr. Hay. — Oh, será que ele é um... *degenerado*? Conheci um assim em Berlim, um ativista de um instituto... qual era mesmo o nome?

— O dr. Hirschfeld? — questionou o dr. Vöegler, com asco na voz.

— Não, não. Era um jornalista. Willer! Kurt Willer — disse Mr. Hay.

— Tanto faz — o dr. Vöegler deu de ombros. — Esses degenerados do Institut für Sexualwissenschaft são todos iguais. Orgulho-me de poder dizer que me empenhei pessoalmente em convencer as autoridades de que aquele lugar fosse fechado, e todos os seus livros queimados. Há que se purgar a Alemanha dessa praga. É *undeutsch* e incompatível com o nacional-socialismo.

— Ora, se a ideia é resgatar a cultura clássica... — disse Mr. Hay, outra vez assumindo seu tom provocador — ... não vejo o que pode ser mais clássico do que o "amor grego", como diria Gide.

Bruno e a baronesa soltaram uma risadinha.

— Perdoarei mais esse chiste, Mr. Hay — disse o dr. Vöegler. — Porém, neste caso a questão não é de natureza "estética", e sim da mais pragmática eugenia. Não se pode aceitar um comportamento que não possibilite a reprodução da raça ariana. Além disso, esses degenerados na sua maioria são judeus. E o que é pior, judeus e comunistas.

— Oh, os comunistas! — pela primeira vez a baronesa pareceu ficar perturbada, com um leve tremor de ódio genuíno. — Como o judeu Marx! Os bolcheviques também eram todos judeus, sabiam? É sim, é verdade, minha amiga Gertrud escutou de um primo que soube por alguém que conhecia um oficial que serviu no Exército Branco! Os judeus mataram o tzar e vieram para a Alemanha envenenar nossos funcionários com esses seus odiosos sindicatos! Meu pobre Helmut chegou a adoecer com todas aquelas greves, aquelas demandas insensatas! Com tantos empregos que ele criou nesses tempos de crise, era de se esperar que fossem mais agradecidos, mas não... os sindicatos os corromperam. Lembro quando Herr Göring convidou meu marido e outros empresários, antes das eleições, para conhecerem seu candidato. Ninguém aguentava mais eleições, mas Helmut voltou todo contente, aliviadíssimo de fato, dizendo que se os nazistas conseguissem a maioria no Parlamento, poderiam ser as últimas eleições por uns bons dez anos... mas agora rezo para sejam mesmo cem!

A baronesa falava do marido de modo exibicionista, ostentando nomes como que para dar mais peso à posição social do esposo.

— Todos que fossem importantes estavam lá. Gente dos Krupp, dos Siemens, da Opel, da Allianz, da BMW, da Daimler-Benz... e meu Helmut, é claro — disse ela, soltando aqueles nomes com uma falsa casualidade, feita sob medida para reforçar a influência do marido. — E todos concordaram quando

Hitler disse que era impossível a iniciativa privada se manter numa democracia. Que era preciso acabar com os sindicatos, permitir que cada patrão fosse um... um... um *Führer* na sua empresa. E aquilo foi como música para nossos ouvidos. Todos ficaram aliviados. Eu disse para Helmut: esse homem vai salvar a família alemã da ameaça do comunismo judaico. Por isso fomos tão generosos nas doações de campanha.

E com a presença daquela cadeira vazia se impondo, Mr. Hay perguntou:

— Diga-me o senhor, dr. Vöegler, que é especialista: acha que nosso Otto Klein ali — apontou com os olhos para o espaço vago — pode ser um judeu?

— Se esse for mesmo o nome dele... — acrescentou a baronesa.

O dr. Vöegler tomou um gole de sua água e coçou o queixo.

— Talvez... não quis dizer nada na hora para não criar maior constrangimento aos senhores, mas percebi certos traços hebreus... o nariz talvez. E, se for judeu, certamente é comunista. Mr. Hay, o senhor conhece nosso *Mito*?

— Está se referindo àquele livro, qual era o nome mesmo? — disse Mr. Hay.

— Isso. *O mito do século XX*, de Rosenberg. É a obra basilar da verdade nazista. Expõe o erro dos filósofos profissionais em buscar uma verdade "única e eterna" por meio da razão, e explica como Deus criou a humanidade em hierarquia de raças, e fez dos arianos nórdicos sua elite. É por isso que os comunistas são nossa maior ameaça. Eles defendem uma sociedade na qual todos sejam tratados como iguais, deixando as raças arianas à mercê das semíticas, onde será mais fácil para os judeus lançarem mão do seu plano de dominação global que...

— Sinceramente, a visão de mundo de Rosenberg é muito mística para meu gosto — disse Mr. Hay. — Além disso, "o erro dos filósofos profissionais" soa um tanto ressentido, não? Sei que ele não teve formação em filosofia, mas...

— Se os senhores me dão licença, também vou me recolher — interrompeu Bruno, que já terminara a sobremesa e, retirando o guardanapo da gola, limpou os lábios e o largou sobre a mesa.

Saiu do salão-restaurante para o corredor e entrou em sua cabine. O encosto do sofá já havia sido retirado e transformado em uma cama suspensa. Como não dividia a cabine com ninguém, ficou satisfeito em poder dormir sozinho, sem precisar lidar com os eventuais roncos de um colega de quarto. Olhou uma última vez pela janela, mas não conseguiu ver muita coisa além do oceano. Despiu-se de seu terno e vestiu o pijama, e então se deitou para dormir o sono dos justos.

3

Bruno Brückner pensou ter escutado gritos distantes e abafados, e abriu os olhos. Olhou para a janela e viu que ainda era madrugada, estavam voando bastante baixo e se via lá fora a claridade de luzes próximas. Esticou-se até a janela. As vozes vinham mesmo do lado de fora, lá de baixo: os malotes dos correios, trazidos da Europa via zepelim, estavam sendo arremessados em um campo de aviação. Voltou para a cama.

Acordou de novo quando a luz do dia começou a entrar pela janela — deixava as cortinas da cabine abertas com essa intenção. Gostava de despertar cedo e ser o primeiro a usar o lavabo e o sanitário masculino. Calçou os chinelos, saiu da cabine e atravessou o corredor até a popa, em direção ao sanitário. Ocupado. As portas dos dois sanitários, ocorreu-lhe, eram as únicas que trancavam por dentro.

Olhou para os dois lados do estreito corredor entre as cabines, silencioso exceto pelo zunido dos rotores e o tilintar distante de talheres na cozinha, e não viu ninguém.

Encarou o sanitário feminino e testou a porta: desocupado. Entrou, urinou e puxou a descarga. Os dejetos, soube depois, eram simplesmente largados dos céus, garantiram, sobre o oceano. Dirigiu-se a um dos lavabos. Tinham o mesmo tamanho das cabines, mas, sem ter metade de seu espaço ocupado pelo sofá-beliche, pareciam muito mais espaçosos. Bruno gostou de ter todo aquele espaço só para si por um momento. Lavou o rosto, escovou os dentes e secou as mãos na toalha.

Ao sair, por curiosidade, testou a porta do sanitário masculino outra vez. Ainda trancado. Aproximou o ouvido da porta, mas não escutou nenhum som ali dentro.

Notou que uma das cabines no corredor estava com a porta aberta. Não sabia ao certo de quem era aquela cabine, mas, como estava vazia, supôs que seu ocupante fosse quem estava no sanitário masculino. Espiou para dentro, não viu ninguém ali e fechou a porta.

Depois, deixando a questão de lado, voltou para sua cabine e se dedicou ao processo de trocar o pijama pelo terno, enfiando a fralda da camisa para dentro das calças, erguendo os suspensórios por cima dos ombros e soltando-os no lugar com um estalo. Deu o nó na gravata, vestiu o colete e o casaco, e buscou em sua pasta o pingente de suástica para prendê-lo de volta à lapela.

Depois, pegou o exemplar do único livro de literatura brasileira que havia encontrado nas livrarias de Berlim, *Geschichten aus Rio de Janeiro*, de Machado de Assis, e se pôs a ler alguns contos.

Uma hora mais tarde, Bruno Brückner imergiu no salão-restaurante, ainda vazio senão por ele, mas com os talheres e a porcelana já sendo postos.

— *Guten Morgen*, Herr Brückner — saudou o comissário-chefe Kubis.

— Bom dia, chefe — disse Bruno, virando a cadeira de lado antes de se sentar, para que pudesse ter uma boa visão da janela. Estavam passando por uma cidade grande. — Sabe dizer que cidade era aquela pela qual passamos, de madrugada? Onde jogaram os malotes dos correios?

— Creio que era Salvador da Bahia, mas posso verificar com o comandante. O senhor vai querer seu desjejum agora?

—Sim, por favor.

A mesa foi posta com pães recém-assados a bordo, manteiga, mel e geleias, ovos quentes servidos em *coquetiers* de porcelana, salsichas Frankfurt, presunto, salame, queijo e frutas. Café ou chá? Bruno pediu café, com um pouco de leite e um pouco de cacau em pó, para ajudar na digestão ao longo do dia. A pesada porcelana branca do bule, da leiteira e das xícaras levava a marca "LZ" da companhia aérea, com faixas pintadas de azul e bordas de ouro. Ele pegou a colher e operou uma delicada lobotomia sobre o ovo, dando leves batidinhas para quebrar o topo da casca e cortando um tampo da clara firme e macia para revelar a gema ainda mole em seu interior. Polvilhou um pouco de sal e pimenta, e comeu.

Pôs-se a apreciar seu desjejum, tendo o salão todo para si em um silêncio que só não era completo devido ao zunido elétrico das hélices nas nacelas, que eram ligadas algumas vezes, quando apenas as correntes de ar não eram o bastante para impulsionar o dirigível. Fez isso ao longo de uma hora, enquanto os outros passageiros iam surgindo, pouco a pouco, no salão-restaurante.

Bruno olhou para fora mais uma vez. Concluiu que era uma experiência semelhante a passar o dia inteiro no cinema, vendo um filme mudo e sem enredo projetado nas janelas — o que o fez se lembrar, com saudades, do último filme ao qual assistiu em Berlim.

Contemplou a xícara margeada de ouro, o desenho da asa e a faixa azul contra o branco da porcelana dando ares de cerâmica grega. Por mais luxuosa que fosse aquela experiência, era um luxo claustrofóbico. Mal podia esperar para caminhar em um espaço arejado, com o céu aberto sobre a cabeça.

O chefe Kubis se aproximou dele:

— O comandante me informou que era mesmo Salvador. Agora estamos nos aproximando de Ilhéus, *mein* Herr.

Uma senhora brasileira em outra mesa chamou o comissário de bordo e fez uma reclamação em português. Bruno achou o sotaque curioso, o modo mais rápido e mais solto com que falavam, era diferente dos portugueses que conhecera em Berlim. Pelo que conseguiu captar da conversa, com algumas palavras em alemão soltas em meio às frases, compreendeu algo da natureza da queixa: os cavalheiros estavam usando o *Waschraum* das senhoras. O homem que a acompanhava fez alguma confissão constrangida, sendo repreendido pela esposa.

O chefe Kubis assentiu ao casal, e antes que saísse do salão, Bruno lhe fez um aceno:

— Por acaso é algo relacionado ao banheiro masculino? — murmurou.

— Sim — confirmou o comissário —, a senhora se queixa de que estão usando o sanitário feminino, pois alguém está trancado dentro do masculino.

— Que curioso. Acordei bem cedo, e a porta já estava trancada. Talvez esteja apenas emperrada, não?

— Vamos verificar agora mesmo, senhor.

O chefe Kubis saiu apressado do salão-restaurante para o corredor dos camarotes, cruzando com o dr. Vöegler, que vinha em sentido oposto ao de sua cabine. Assim que viu Bruno Brückner, o dr. Vöegler lhe acenou e sentou-se à mesma mesa, dando-lhe bom-dia. Uma xícara o aguardava, e ele se serviu de café.

— Lamento tê-los deixado cedo ontem à noite, doutor — desculpou-se Bruno —, mas tenho por hábito acordar cedo, e estava quase morto de tanto sono. A discussão, contudo, estava muito interessante e instrutiva. Perdi muita coisa?

— Ah, não, o senhor não perdeu muito mais, Herr Brückner — o médico pegou uma salsicha e a cortou pela metade. — Exceto uma demonstração da surpreendente tolerância da

baronesa Van Hattem para o álcool. Ela pediu mais dois gins-
-tônicas, acredita? Bebeu como se fossem água.

— Creio que logo saberemos o resultado.

O próximo rosto conhecido a surgir no salão-restaurante
foi o de Mr. Hay, que veio sentar-se junto deles e pediu que
lhe trouxessem chá.

— E os senhores, tiveram uma boa noite de sono? — perguntou. — Creio que acordei umas duas vezes, com toda
aquela movimentação.

— Que movimentação? — perguntou Bruno.

— Aqueles berros do lado de fora, quando jogaram os malotes dos correios. Depois, gente indo e vindo pelo corredor.
Permitam-me uma crítica, senhores, mas vocês alemães não
sabem caminhar, apenas marchar. Que passos pesados!

— Ora, é mesmo? O arremesso dos malotes dos correios, eu
me lembro de ter escutado — disse Bruno. — Mas movimento
nos corredores, não. Porém, tenho facilidade para cair no sono.

O chefe Kubis atravessou o salão-restaurante a passos apres-
sados e com o rosto lívido, indo em direção à proa com ares de
grande perturbação: um passageiro que lhe pediu mais café foi
completamente ignorado.

Notando isso, Mr. Hay comentou:

— Ora, está acontecendo alguma coisa?

— Creio que há algo de errado com o sanitário masculino —
disse Bruno.

— Ah, então não foi apenas comigo. Tentei usar e estava
ocupado — disse Mr. Hay. E, em um tom de voz mais baixo: —
Acabei usando o feminino.

— Acordei cedo e também tive o mesmo problema — disse
Bruno. — Mas isso foi há mais de duas horas, não deve ser a
mesma pessoa lá dentro.

— Talvez a porta esteja só emperrada — cogitou Mr. Hay.

— Foi o que eu disse ao chefe Kubis — falou Bruno.

— Mas não estava quando o utilizei de madrugada — disse o dr. Vöegler.

— É mesmo? — Bruno ficou interessado. — A que horas foi isso?

— Oh, logo depois dos malotes de correio serem jogados. Talvez eu tenha sido um dos que o despertou com meu pesado andar alemão, Mr. Hay. Lamento ter interrompido seu sono.

— Não se preocupe, meu caro — Mr. Hay o tranquilizou. — Não é como se alguém fosse morrer por causa disso.

O chefe Kubis passou outra vez pelo salão-restaurante, vindo apressado da proa em direção às cabines, dessa vez acompanhado de três mecânicos, um dos quais ficou a postos na entrada do corredor, para impedir que alguém entrasse naquele momento. O comissário, visivelmente abalado, se ocupou de atender os passageiros no salão, com seus pedidos para reabastecer os bules com mais café, chá ou cacau, mais pão e mais geleia. Percebendo que havia algo de errado, Mr. Hay fez a pergunta que, como descobrira por experiência própria, era a frase mais repetida na Alemanha:

— Está tudo em ordem, chefe?

— Apenas um inconveniente, senhores. Já está sendo resolvido.

Passaram-se mais alguns minutos até que os mecânicos voltassem das cabines; um deles cochichou ao ouvido do chefe Kubis, que assentiu e saiu do salão-restaurante, mais uma vez em direção à proa. Voltou logo em seguida e, aproximando-se da mesa em que Bruno, Mr. Hay e o dr. Vöegler tomavam o desjejum, pigarreou, constrangido.

— Herr Brückner, o comandante gostaria de falar a sós com o senhor.

— Algo de errado, chefe? — perguntou Bruno.

— Oh, não, de modo algum! — o chefe Kubis passou os olhos pelo salão, mal escondendo seu nervosismo. Fosse o que fosse, não queria que os demais passageiros escutassem. — Bem, é apenas uma espécie de... consultoria, por assim dizer. Se não lhe for nenhum incômodo, naturalmente.

— De modo algum, estou à disposição.

— Venha comigo, por favor.

Saíram do salão-restaurante em direção à proa. O corredor de proa era em forma de L, com a passagem à direita levando à porta da cozinha e terminando na porta de entrada da gôndola. Já o corredor longitudinal tinha à esquerda a porta da sala de rádio, e terminava direto na cabine de navegação, que cortava a gôndola de um lado a outro. No lado de bombordo havia um pequeno escritório, com mesa e cadeira, uma carta náutica do oceano Atlântico e uma escada que levava ao interior do dirigível. No lado boreste havia uma mesa reclinada e uma cama para o comandante. Mas o comandante não estava ali. Bruno seguiu o chefe Kubis por mais uma porta até a *Steuerraum*, a cabine de comando.

A cabine semicircular era toda envidraçada e tinha no centro um timão, ladeado por uma estrutura em V de barras de ferro perfuradas. A visão ali era magnífica. Acima, as nuvens eram como uma cordilheira de montanhas em movimento, com sua textura branco-leitosa. Abaixo, o mundo, a cidade, os campos eram uma miniatura, uma maquete de arquiteto que fora animada por algum feitiço de conto de fadas.

De costas para eles, com uma xícara de chá em mãos, atento ao trabalho do timoneiro, estava o sucessor do conde Ferdinand von Zeppelin no comando da LZ; estava o homem que treinou todos os pilotos de dirigíveis alemães durante a Grande Guerra, que conseguiu dobrar os americanos para que autorizassem a fabricação de novas aeronaves, e reergueu a LZ depois da guerra sem recorrer a dinheiro do governo; que comandou a primeira volta ao mundo de uma aeronave, o primeiro voo do Ártico, e a eletrizante primeira passagem do *Zeppelin* pelo Brasil, anos antes: o comandante Hugo Eckener.

Tinha um rosto alongado, com olhos cansados que projetavam muitas rugas e grandes bolsas, bigode e cavanhaque grisalhos emoldurando uma boca pequena e severa, e os cabelos cortados bem curtos, que lhe davam um ar elétrico. Analisou Bruno com um olhar de cima a baixo, e, ao cravar os olhos no pingente que este levava preso no terno, seu olhar se endureceu e os lábios se crisparam de desgosto diante da visão da suástica.

Bruno engoliu em seco. Claro, pensou, havia se esquecido de um detalhe público e notório: o comandante Eckener *detestava* nazistas. Desde o princípio, quando a imprensa e o estamento político os consideravam apenas uma piada histriônica, algo a não se levar a sério, ele os detestou. E não hesitava em criticar suas predileções por políticas econômicas autoritárias, a busca pela autocracia, suas perseguições a minorias e, sobretudo e sobre todos, não havia quem ele mais detestasse que o chanceler Adolf Hitler.

Dizia-se que o sentimento era recíproco. Afinal, Hugo Eckener era um herói nacional, e que Deus não permitisse alguém de brilhar mais aos olhos do povo alemão do que o histérico agitador de cervejarias que agora comandava a nação. Pesava ainda que, durante a campanha eleitoral de 1932, Eckener fora sondado tanto pelos sociais-democratas à esquerda quanto pelo *Zentrum*, como candidato de união contra a direita, liderada pelos nazistas. Acabou não aceitando, mas a antipatia permaneceu: não permitiu aos nazistas usarem os hangares da Zeppelin para seus comícios, e rejeitava qualquer tentativa do ministro Goebbels de usar seus dirigíveis como propaganda do atual governo. Não era segredo, tampouco, que os nazistas se movimentavam para prejudicá-lo de toda forma, conforme iam ocupando o poder e aparelhando qualquer espaço possível com seus seguidores.

— Herr Brückner — disse o comandante. — Em toda a sua história de voos comerciais, nenhum passageiro da Luftschiffbau Zeppelin jamais sofreu, a bordo das nossas aeronaves, um incidente maior do que cair da cama numa turbulência, ou queimar a língua no café. "Segurança em primeiro lugar" tem sido e continuará sendo meu lema, e já me indispus com governos e diretores para que se mantivesse assim — deu um último gole no chá e entregou a xícara ao comissário. — Contudo, algo aconteceu nesta madrugada. Algo que nos leva a crer que ocorreu um crime. Não tenho, porém, a intenção de dar argumentos para que vocês usem isso contra minha companhia aérea.

— Vocês... quem? — perguntou Bruno.

O comandante apontou o pingente do partido em seu terno.

— Ah, isso... — Bruno suspirou. — Entendo seus receios, comandante. Mas o senhor deve compreender que nem todos aqueles que apoiam os nazistas o fazem por concordar com seus ataques aos judeus, seu autoritarismo ou suas teorias conspiratórias e paranoicas da *Dolchstoßlegende*. Muitos dos que votaram em Hitler estão apenas cansados da corrupção galopante do sistema de Weimar e querem mudanças na condução da Alemanha.

O timoneiro, ao escutar isso, se intrometeu:

— Sim, há um termo para denominar estes, também.

— É mesmo? Qual?

— "Nazistas" — respondeu, irritado.

Bruno permaneceu impassível, encarando o rapaz. Knut Eckener, filho do comandante e timoneiro do zepelim, o encarou de volta, mantendo um olhar de desafio e um comprimir de lábios que deixavam evidente, se não uma raiva contida, ao menos um desdém profundo.

Foi a vez de o comandante Eckener suspirar.

— Knut, não se intrometa — disse o comandante. — Receio que meu filho tenha opiniões ainda mais severas do que as minhas. Mas o senhor é policial em Berlim, correto? — perguntou.

— Sim, sou detetive de polícia.

— Permita-me expor-lhe a situação: uma pessoa a bordo morreu. Seu corpo foi encontrado no sanitário masculino, e foi discretamente levado de volta à sua cabine, enquanto os demais passageiros faziam o desjejum. Por que motivo ou em que circunstâncias veio a falecer, não sabemos.

— Há um médico a bordo, o dr. Klaus Vöegler. Ele poderia...

— Sim, estou ciente disso — Eckener ergueu a mão, interrompendo-o. — Mas tenho motivos para não querer envolver o dr. Vöegler nisso... ainda. Há outras complicações.

— Que seriam?

— A vítima portava dois passaportes.

— "A vítima"? O senhor supõe que houve um crime?

— Considerando que num dos passaportes há um nome completamente diferente daquele com o qual embarcou, e levando-se em conta o nome em si, é uma possibilidade. Mas compreenda, Herr Brückner, que não é somente a reputação da minha companhia que está em jogo. A morte ocorreu dentro do território brasileiro. Ou acima dele, no caso. Então, deve-se levar em conta também o incômodo que seria submeter nossos passageiros, dentre os quais está a nata da sociedade alemã, e também da brasileira, a interrogatórios de polícia. Alguns deles, creio, apoiadores de primeira hora e financiadores do seu partido, o que poderia também criar constrangimentos diplomáticos.

— E como o senhor gostaria de resolver as coisas?

— Bem... — o comandante Eckener ponderou. — Diga-me, o senhor sabe diferenciar um passaporte verdadeiro de um falso?

— Para falar a verdade, sei sim. Faz parte do trabalho, nestes tempos.

— Chegaremos ao Rio de Janeiro hoje à noite. Se ao aportarmos já tivermos o máximo possível de respostas para dar, isso evitaria muitos incômodos.

— Farei o possível para ajudar, comandante.

— Então desde já lhe agradeço em nome da Luftschiffbau Zeppelin, e lamento o incômodo que estamos lhe causando na sua viagem. Se o senhor tiver a intenção de viajar conosco de novo, terei o maior prazer em...

— Comandante, não se preocupe — Bruno tranquilizou-o. — Sejamos sinceros, não é como se houvesse muito o que se fazer durante a viagem.

— Bem, nesse caso, o chefe Kubis irá levá-lo até a cabine da vítima, e o senhor poderá nos dizer quem, exatamente, é a pessoa que está naquela cabine.

Bruno consentiu. Seguiu o chefe Kubis de volta, e os dois pararam em frente à última porta a boreste antes do lavabo. Depois de se certificar de que não havia nenhum outro passageiro por perto, abriu a porta e os dois entraram.

— *Mein Gott!* — disse Bruno.

Deitado sobre a cama, estava o corpo de Otto Klein.

Vestia ainda seu pijama, a boca e os olhos estavam abertos e congelados em uma expressão de profunda angústia e desespero, os braços recolhidos e os dedos rijos, em garras, como se, em seus últimos minutos à procura de ar, seu corpo todo tivesse se dedicado a reproduzir *O grito* de Munch. Era uma coisa assustadora.

O chefe Kubis contou que, como a porta do sanitário havia sido trancada por dentro, precisou usar sua chave mestra. Ao encontrar Otto Klein caído no chão, tentou manter a calma — em seus anos de trabalho nos melhores hotéis da Europa já havia visto de tudo —, e, ao constatar que o passageiro estava morto e não havia nada que pudesse ser feito, tratou de alertar o comandante.

— O senhor agiu corretamente, chefe — disse Bruno, que se aproximou do balcão no qual o falecido havia deixado alguns papéis. — Estes são os passaportes?

— Sim.

Bruno os analisou.

O primeiro mostrava o nome de Otto Klein. Pela data de nascimento, calculou sua idade em trinta anos. Estatura: mediana. Formato do rosto: oval. Cor dos olhos: cinzenta. Naturalidade: Munique. Trabalho: comerciante.

No segundo passaporte, contudo, a foto tinha sido retirada, e havia um nome completamente diferente: Jonas Shmuel Kurtzberg. Vinte e seis anos. Estatura: mediana. Formato do rosto: oval. Cor dos olhos: cinzenta. Naturalidade: Hamburgo. Trabalho: *Porträtfotograf*. Fotógrafo de retratos.

Bruno compreendia agora a hesitação do comandante.

A vítima era um judeu.

— O que se sabe a respeito dele? — perguntou.

— Ele embarcou em Recife com o nome de Otto Klein no seu *Reisepass* — lembrou o chefe Kubis. — E ficou aqui na cabine até a hora do jantar. Também se recolheu cedo. As únicas pessoas que conversaram com ele foram aquelas com quem jantou. Creio que o senhor estava na mesma mesa.

— Sim, estava. Mas não chegamos a falar muita coisa — lembrou Bruno. — Mr. Hay o provocou com uma piada tola, e ele ficou muito perturbado com a mera sugestão de que fosse judeu. Ah… espere.

Bruno fungou o ar, como se farejasse algo. Aproximou-se do corpo e cheirou de modo inquisitivo a boca do defunto; em seguida, soltou um grunhido pensativo e coçou o queixo.

— O que foi? — perguntou o comissário. — Algo incomum?

— Sim, o senhor não percebeu?

— O quê?

— O cheiro. Como de amêndoas amargas.

O comissário se aproximou do corpo e inspirou fundo. Em seguida, levou a mão à boca, assustado. Havia lido sua cota de romances policiais para saber o que aquilo significava.

— Diga ao comandante que uma coisa podemos dar como certa — falou Bruno. — Não foi uma morte por causas naturais.

4

Na *Steuerraum*, pairando sobre o mundo miniaturizado abaixo, Bruno expôs suas conclusões ao comandante Eckener.

— São pequenos detalhes que saltam aos olhos de quem está habituado, comandante — explicou Bruno, mostrando-lhe os passaportes. — Se o senhor olhar com atenção, verá que no carimbo do chefe de polícia, as palavras *Polizeipräsident* e *München* costumam ser separadas por quatro pontos formando um pequeno quadrado. É assim em qualquer passaporte. No de Otto Klein, porém, o senhor verá que as palavras são separadas por seis pontos. É, portanto, um carimbo falso de um passaporte falso. Logo, sou levado a crer que ele seja de fato Jonas Kurtzberg.

O comandante olhou os dois passaportes. Nunca havia se dado conta desse tipo de minúcia, e se perguntou quantos passaportes falsos poderiam já ter passado por suas mãos.

— E quanto à causa da morte?

— Cianureto, comandante — explicou Bruno. — Um veneno bastante perigoso, que pode matar em instantes se aplicado numa grande dose, ou ao longo de algumas horas, em doses menores. Os sintomas são tontura, secura na boca... e ânsia de vômito. Isso explicaria por que Herr Klein... ou, no caso, Herr Kurtzberg, foi até o sanitário. Mas então ficou tonto, caiu e perdeu a consciência antes de sufocar. Porém, creio que o senhor já desconfiava disso, não?

Ele observou atentamente a reação do comandante Eckener.

— Sim, já — respondeu, com pouca surpresa.

— Por isso o senhor não quis envolver o dr. Vöegler?

— Talvez.

— O senhor desconfia dele?

— Não afirmaria tal coisa. Mas não descartaria a possibilidade, dada a verdadeira identidade do morto. Por isso, pensei em consultar o senhor antes.

— Ele não poderia ter se suicidado? — sugeriu Knut, lá do timão.

— Bem, parto da lógica de que, se ele pretendia se suicidar, o teria feito antes ou depois de embarcar — disse Bruno. — Não vejo muito sentido em alguém se matar a bordo do zepelim, no meio do caminho. A não ser que ele se julgasse prestes a ser descoberto. É possível, ele ficou bastante nervoso com a suposição das suas origens hebreias durante o jantar. Mas estamos no Brasil, não na Alemanha. Ele não encontraria problemas ao desembarcar. O suicídio, portanto, está descartado. Agora, pela minha experiência... obrigado, chefe — pegou a xícara de café oferecida pelo chefe Kubis. — Um crime assim, nessas circunstâncias, só pode ter dois possíveis motivos: silenciar alguém antes que fale ou se vingar por algum malfeito passado. O que me leva a crer que alguém a bordo o reconheceu.

— Senhor, lembro que ele foi o último passageiro a embarcar — disse o chefe Kubis.

— E o senhor notou nele algo de incomum? — perguntou Bruno.

— Não. Parecia empolgado com a viagem, como todos os que embarcam conosco pela primeira vez. Mas se demorou na sua cabine, foi um dos últimos a entrar no salão-restaurante e um dos primeiros a se recolher. Como lhe disse, as únicas pessoas que conversaram com ele foram as que estavam sentadas àquela mesa: Mr. William Hay, o dr. Karl Vöegler, a baronesa Fridegunde van Hattem e o senhor, naturalmente.

— Você está se esquecendo de uma pessoa, chefe Kubis.

— Quem?

— O senhor — Bruno sorriu, e, enquanto o comissário--chefe respirava fundo feito um baiacu indignado, o próprio Bruno o tranquilizou: — Calma, meu bom homem. Não tenho nenhum motivo para desconfiar do seu testemunho. Mas o senhor de fato *conversou* com ele, mesmo que apenas para lhe servir as bebidas e a sobremesa, e foi o senhor quem encontrou o corpo e conduziu os esforços da sua remoção do local do crime. Num inquérito policial ordinário, não poderia deixar de incluir seu depoimento. Aliás, será necessário tomar o depoimento de todos num lugar discreto. Alguma cabine está desocupada? Essa é a segunda coisa a ser feita.

— A cabine contígua ao lavabo feminino está vazia — lembrou o comandante. — Mas qual é a primeira coisa?

— Verificar a bagagem pessoal da vítima. Pode haver algo nos seus pertences pessoais que nos dê alguma indicação. Naturalmente, preciso da sua permissão para isso, comandante.

— Acompanharei o senhor — anunciou o comandante Eckener.

Contudo, voltar ao salão-restaurante e manter as aparências não era simples. O comandante primeiro conversou com cada passageiro, perguntando-lhes como estava o voo, a qualidade de suas acomodações ou se haviam passado uma boa noite de sono, enquanto Bruno, tendo avançado para o corredor dos camarotes, aguardava em frente à porta da cabine do falecido Otto Klein/Jonas Kurtzberg.

Assim que se livrou das cordialidades e pôde enfim entrar na cabine, o comandante respirou fundo e hesitou ao ver o corpo.

— É a primeira vez que o senhor vê um morto? — perguntou Bruno.

— Não. Digo, sim, nessas circunstâncias. Um homem assassinado…

— Mas imagino que na guerra...

— Não me deixaram ir ao front — disse Eckener. — O Kaiser disse que eu era muito valioso como instrutor de pilotos para correr o risco. Bem, mesmo que tivesse ido, creio que não teria visto muito, do alto.

— Ouvi dizer que os bombardeios de dirigíveis sobre Londres foram terríveis — disse Bruno. — Creio que Mr. Hay me contou algo a respeito.

Bruno olhou com atenção para o terno pendurado no cabideiro. Havia uma maleta de couro marrom no chão e alguns pertences espalhados sobre a mesinha da janela, como o broche de ouro em forma de suástica, uma pequena chave e os dois passaportes.

— Creio que se você é um judeu a viajar sob nome alemão — disse Bruno, pegando o pingente na mão e entregando-o ao comandante —, a melhor forma de manter o disfarce é levá-lo ao extremo. Bem, vejamos...

Pegou a maleta de couro do chão. Colocou-a sobre a mesa e testou a chave no par de fechos. Abriu. Ele ergueu seu tampo devagar. Continha equipamentos de fotografia: uma câmera Leica III, com lentes e alguns rolos de filme. Havia ali também um vidrinho com um pó azul.

— Ah! Ferrocianeto de ferro — disse Bruno, mostrando o vidro para o comandante. — Também conhecido como "azul da Prússia". Muito utilizado na pintura, mas também na fotografia para produzir cianotipias.

— E isso nos diz algo? — Eckener perguntou.

— Se misturado com ácido clorídrico, ele produz... adivinhe só: cianureto.

— Mas quem traria ácido clorídrico numa viagem?

Bruno refletiu sobre a questão por um instante.

— O ácido clorídrico tem muitas utilidades. Uma delas é regular a acidez das soluções, sendo muito aplicado em ramos que exijam pureza dos seus produtos, como alimentos, água potável ou... farmacêutica. E, como o senhor disse, temos um médico a bordo. Talvez eu precise dar uma olhada na valise do dr. Vöegler, antes de tirar qualquer conclusão. De todo modo, pode ser apenas uma coincidência. O azul da Prússia é de uso muito comum entre artistas, artesãos e fotógrafos. Espere... o que temos aqui?

No fundo da maleta havia um envelope de papel pardo. Bruno abriu o envelope. Dentro dele havia duas revistas e algumas fotos.

— Oh. Eu diria que isso põe mais lenha na fogueira.

A primeira revista chamava-se *Die Insel*, ou "A ilha". Trazia na capa um belíssimo rapaz nu, de cabelos negros, belo como um koûros grego, que encarava a câmera com os braços em pose de fisiculturista. Seu corpo atlético e liso, recém-saído da adolescência e entrado na vida adulta, reluzia de óleo feito os atletas olímpicos da Antiguidade, dos cabelos colados à cabeça, como se lambidos, aos esparsos pelos no púbis, com a diagramação cortando a foto exatamente onde se começaria a mostrar mais do que o decoro permitiria expor na capa, mesmo nas liberais bancas de revistas alemãs. O crédito da foto, na página correspondente, dizia: "Enviada por um amigo e assinante de *Die Insel* no Rio de Janeiro".

Folheando suas páginas, via-se que seu conteúdo trazia poemas, artigos de opinião, ensaios políticos e satíricos, contos eróticos, morais ou românticos. No editorial, instava-se os leitores a gastarem seu dinheiro em negócios geridos *por* e *para* homossexuais, e a frequentar apenas os bares e restaurantes anunciados em suas páginas, como o Café Dorian Gray, na Bülowstraße, nº 57, "frequentado por homossexuais respeitáveis que promovem comportamentos respeitáveis, e com uma clientela honrada". Havia também anúncios de bares lésbicos, como o Monbijou e o Clube Violetta, este último com uma foto de sua patronnesse Lotte Hahm em trajes masculinos. Além deles, anunciava-se os serviços de hotéis, cabeleireiros, sapateiros, lojas de móveis e um estúdio fotográfico que saltou aos olhos de Bruno: "J. Kurtzberg — *Moderne Fotokunst*".

Tudo isso vinha intercalado por fotos, muitas fotos de rapazes nus, ora imitando poses clássicas, ora o sonolento repouso ao ar livre das pinturas campestres; ora sorridentes para a câmera, ora olhando compenetrados para o horizonte, com seus corpos saudáveis, atléticos e lisos feito mármore, exibindo para a câmera, orgulhosos, sua própria nudez e, em casual repouso entre as pernas, o objeto de desejo do leitor. Um ensaio anedótico defendia o livre direito à masturbação, contrariando o senso comum de que fosse prejudicial à saúde. Em outra página, a Associação Travesti D'Éon orientava os ditos "transexuais", termo recentemente cunhado pelo dr. Hirschfeld para quem não se identificava com seu gênero, sobre como requisitar seu "certificado de travesti" com a polícia alemã. Tudo na revista tinha um tom de cotidiano, sugerindo uma vida social casual e movimentada.

A segunda revista era mais discreta e elitista: sua capa era branca, neutra, com o título *Der Eigene*, "O inato", em letras capitulares, seguido da indicação de ser "uma revista de cultura masculina". O conteúdo, até mesmo pelos nomes envolvidos, era de qualidade superior: os nus artísticos eram feitos pelo barão Wilhelm von Gloeden, que fotografava seus rapazes italianos de Taormina em vestes e cenários clássicos; e os ensaios literários eram assinados por Klaus Mann, com ilustrações sombrias e sensuais de Sascha Schneider. Havia poemas e contos escritos por nomes de relevo, uma sessão de resenhas literárias de livros de "interesse masculino", além de manifestos políticos de tendência anarquista em prol dos direitos de homossexuais. Tudo naquela revista soava mais sério, literato e um tanto pretensioso. Uma resenha da autobiografia de André Gide chamou sua atenção: era assinada por um certo "W. Hay".

— "Um esteta, um grande apreciador dos ideais de beleza clássicos" — disse Bruno, repetindo o que escutara na noite anterior.

— Quem disse isso? — perguntou o comandante.

— O cavalheiro inglês, Mr. Hay, ontem no jantar.

Então Bruno analisou as fotografias soltas dentro do envelope. Eram menos eróticas e mais artísticas, tanto no enquadramento quanto no desenho de luz e sombra modernista, ainda que os objetos fotografados fossem os mesmos: belos rapazes em calções de banho, dourando sob o sol nos balneários alemães, sentados reflexivos à beira de lagos como Narcisos, ou rolando pela areia no que tanto poderiam ser abraços ou simulações de luta, feito cãezinhos brincando. Atrás de cada foto, haviam sido anotados nome, local e data.

Uma delas em especial mostrava um jovem agachado e cabisbaixo, usando apenas um calção de banho, segurando-se em um poste de madeira de onde a água caía sobre sua cabeça e escorria por seu rosto, queixo e lábios — os quais, devido ao calor do verão, formavam um "o" de êxtase refrescante. Olhou o verso da foto e arregalou os olhos.

Enquanto isso, o comandante pedia, nervoso com tudo aquilo:

— Por favor, Herr Brückner, seja discreto com nossos passageiros. Ele não será o primeiro e tampouco o último dos nossos passageiros a possuir as inclinações invertidas do terceiro sexo. Contanto que um cavalheiro mantenha sua discrição em público, isso não é da nossa conta. Além disso... *Scheiße* — Bruno havia mostrado a ele o verso da fotografia. — Este é o nome do rapaz dessa foto?

— É o que parece ser.

No verso da foto, estava escrito: "Fridolin van Hattem, às margens do mar Báltico, 1931".

— A arte degenerada bate à porta — disse Bruno.

— O senhor crê que seja parente da baronesa?

— Talvez. Não há como saber sem perguntar a ela. Falando nisso... — ocorreu a Bruno um pensamento macabro. — Não a vi no salão esta manhã, ela não apareceu para o desjejum. Na realidade, não a vejo desde ontem à noite.

Os dois saíram da cabine da vítima e se dirigiram à porta da cabine da baronesa. Bateram e aguardaram. Nenhuma resposta. Abriram a porta, a cabine estava vazia. Ouviram uma gargalhada estridente vinda do salão-restaurante e se dirigiram para lá.

Ali estava a baronesa, sentada à mesa com o dr. Vöegler e Mr. Hay, sendo servida pelo chefe Kubis de uma *prairie oyster* — uma gema de ovo inteira em um copo, com uma pitada de molho inglês, vinagre, sal de mesa e pimenta do reino, tomada de um gole só, que se crê ótima para curar ressaca.

— A senhora tem a energia de uma valquíria! — observou o dr. Vöegler.

— Não são as valquírias que vêm buscar os mortos e levá-los embora? — lembrou Bruno ao se aproximar da mesa. — A senhora dormiu bem? Não a incomodaram os vaivéns pelo corredor?

— Confesso que tenho sono pesado, Herr Brückner, e não escutei nada. Aquele zunido constante das hélices, é quase como se me deixasse em transe...

Bruno assentiu e olhou de soslaio para o chefe Kubis, que lhe pareceu bastante nervoso ao lado da mesa. Voltou-se para o comandante Eckener e murmurou em seu ouvido que, como estava quase na hora de servirem o almoço, seria mais adequado tomar primeiro o depoimento do chefe Kubis, para que ficasse disponível o quanto antes para os serviços de bordo.

— Como preferir — disse o comandante Eckener. — Contudo, vou querer participar de todos os interrogatórios. Quero saber o que se passa dentro da minha aeronave. Aguardem-me. Vou dar instruções ao timoneiro.

Indicou-lhe qual cabine seria usada e pediu que Bruno o esperasse nela.

5

O comissário-chefe Heinrich Kubis tinha quarenta e seis anos. Era alto, seu terno estava sempre impecável, os cabelos negros perfeitamente penteados e untados de brilhantina. Suas referências também eram impecáveis: trabalhara como garçom no Ritz de Paris e no Carlton de Londres. Em 1912, três meses antes de o *Titanic* afundar, iniciou seus serviços na Luftschiffbau Zeppelin, o que, levando-se em conta a outra possibilidade, foi um bom movimento de carreira. Com isso, tornara-se, na prática, o primeiro comissário de bordo de aeronaves do mundo. Era considerado por todos uma pessoa encantadora, um verdadeiro mordomo à moda antiga, ainda ativo naquele mundo agitado pós-Grande Guerra. Sabia instintivamente não apenas as boas maneiras, mas também dar os pequenos toques que deixavam tudo mais agradável — um buquê de flores, um bom molho, a temperatura exata para servir o champanhe.

O comissário-chefe era um homem tão empenhado em agradar seus passageiros, que lia as colunas sociais com a dedicação profissional de quem lê balanços fiscais e relatórios de negócios, para assim se inteirar das personalidades que vinham a bordo. Com a lista de passageiros em mãos, era capaz de dizer, sem necessidade aparente de organizar a memória, uma biografia resumida da maioria dos presentes, com observações pontuais sobre seus negócios, sua vida amorosa e suas conexões familiares.

— ... este exporta café para a França e para a Alemanha, já é a terceira vez que viaja conosco... esta é irmã da esposa de um sobrinho do presidente brasileiro; aliás, o sr. Getúlio Vargas já viajou conosco... este aqui é jornalista do *Times*, é notória a ocasião em que foi agredido por Hemingway com um sapato...

Estava agora havia vinte e dois anos na LZ, tendo servido a bordo de todos os seus dirigíveis comerciais desde então. Estava no LZ 10 *Schwaben* quando ele pegou fogo; no LZ 13 *Hansa* quando se fez o primeiro voo internacional até Copenhagen; no LZ 120 *Bodensee* quando foi inaugurado o primeiro serviço de bordo — uma linda aeronave que precisou ser entregue aos italianos como compensação pela guerra, e que em seguida foi desmontada para reaproveitamento dos materiais.

— Aqueles brutos — lamentou o comissário-chefe. — *Mein* Herr, o senhor não faz ideia das coisas que já vi. Um dirigível em chamas à deriva sobre os campos de Düsseldorf. A luz do amanhecer sobre o horizonte de Nova York vista do céu. E um dia, todos esses momentos se perderão no tempo, feito bolhas no champanhe.

— O senhor já é parte da história da aviação, chefe — disse Bruno.

— E espero continuar sendo, se Deus quiser. Mal posso esperar para servir a bordo do novo dirigível que estamos construindo em Hamburgo. Será quase tão grande quanto o *Titanic*.

— É mesmo? E como irá se chamar? — perguntou Bruno.

— *Hindenburg* — o comandante Eckener respondeu por ele. — Mas isso é uma questão que ainda está sendo discutida, Herr Brückner. Sua gente insiste para que seja nomeado *Hitler*. Porém lhe garanto que isso não acontecerá enquanto eu estiver no comando da LZ.

— Minha gente? Ah, sim — Bruno refletiu por um instante, depois se voltou para o chefe Kubis. — O senhor não fazia ideia de que o passageiro Otto Klein era na verdade este tal Jonas Kurtzberg, suponho? — Ergueu o passaporte e deu outra olhada no nome.

— Como poderia? Nunca o havia visto antes.

— O senhor disse que ele parecia empolgado ao embarcar, correto?

— Como ficam todos aqueles que embarcam conosco pela primeira vez.

— E ele foi um dos últimos a subir a bordo, correto?

— E um dos últimos a entrar no salão-restaurante, como já disse ao senhor. Eu o saudei na entrada, confisquei todos os fósforos e isqueiros, como sempre faço, e só o vi de novo no salão-restaurante, ao jantar. Também percebi que ele foi um dos últimos a se sentar e um dos primeiros a sair. Não solicitou nada enquanto esteve na sua cabine.

— Que horas os malotes do correio foram largados em Salvador?

— Às quatro da manhã — respondeu o comandante Eckener.

— A essa hora, eu já me recolhera fazia tempo — disse o chefe Kubis.

— E imagino que o senhor não teria escutado movimentos no corredor? — Bruno se voltou para o comissário. — A propósito, onde fica sua cabine?

— No interior da aeronave, junto dos demais membros da tripulação — disse Kubis. — Apenas o comandante e o timoneiro dormem na *Steuerraum*.

Bruno se dirigiu então ao comandante:

— É possível que algum membro da tripulação possa ter vindo até a gôndola de passageiros à noite e injetado cianureto na vítima?

— E por que alguém da minha tripulação faria isso? — Eckener se pôs na defensiva. — O único que teve contato com a vítima ontem à noite foi o comissário-chefe Kubis.

— Há quantos homens na tripulação, ao todo? — perguntou Bruno.

— Três na equipe de passageiros, onze na de navegação, três na de rádio, e vinte e dois na de engenharia. E eu, claro.

— Isso soma quarenta pessoas, comandante — ponderou Bruno. — E quanto a clandestinos? Não há a possibilidade de que haja algum, oculto no interior da nave?

O comandante Eckener e o comissário-chefe Kubis se entreolharam.

— Já houve casos... — admitiu o comandante.

— E se fosse assim, ele teria como entrar na gôndola de passageiros sem ser percebido? — perguntou Bruno.

— Há apenas uma entrada para a gôndola de passageiros vinda do interior da aeronave — explicou o chefe Kubis. — Uma escada na sala de navegação, na qual o comandante Eckener e Knut estão sempre a postos.

— Uma pessoa não teria como passar pelas camas onde dorme toda a equipe de engenharia e descer pela escada sem que meu filho ou eu percebêssemos — lembrou o comandante.

Bruno refletiu sobre a questão.

— Eu gostaria de dar uma olhada e, caso o senhor não se oponha, comandante, fazer algumas perguntas à equipe de engenharia.

Eckener soltou um grunhido impaciente, mas assentiu.

— Pode ser feito. Eu mesmo o acompanharei.

— Uma última questão ao chefe Kubis, antes de o liberarmos para suas obrigações — disse Bruno, voltando-se para o comissário-chefe. — O senhor disse que acompanha as colunas sociais para se manter informado sobre seus passageiros, correto? Sabe se a baronesa Van Hattem tem filhos?

— Oh, não, filhos não. Mas creio que ela tenha um sobrinho, Fridolin. Ele estava noivo de alguém, mas soube que o noivado foi rompido... Não sei o motivo. Naturalmente, as colunas sociais não entram nesses pormenores.

— Certo. Muito obrigado, chefe. Agora, comandante, por favor, mostre-me o caminho para as entranhas desta sua criatura.

Bruno seguiu o comandante Eckener até a sala de engenharia e subiu pela escada de metal que levava ao interior do dirigível.

— Cuidado onde pisa, Herr Brückner.

Entranhas, de fato. O corredor axial do dirigível era uma estrutura em forma de triângulo invertido composta por três vigas metálicas que eram sua coluna vertebral, e diversas vigas de apoio formavam suas costelas. Ao redor de tudo isso, havia dezesseis gigantescas bolsas de ar presas por redes, os intestinos daquela baleia voadora, com seus cento e cinco mil metros cúbicos de hidrogênio. Bruno teve uma sensação ruim, quase um pânico, ao pensar na imensa fragilidade de tudo aquilo, daquele balão horizontal cheio de gás inflamável, naquela estrutura que parecia ao mesmo tempo tão frágil e tão sólida, na loucura daqueles homens que viviam no estômago daquele monstro, manobrando suas vísceras, seus gases e seus órgãos internos.

Eckener notou o olhar de pânico no rosto de Bruno e, com um sorriso maldoso, apontou-lhe uma escada e perguntou se não gostaria de subir até o posto de observação no topo, para ver se não havia ninguém escondido do lado de fora também. Em seguida, pediu desculpas pelo chiste.

Foi uma longa caminhada pelo corredor axial até chegarem a uma escada que descia para a base do dirigível, nos alojamentos da tripulação. Lá embaixo, as camas ficavam suspensas de cada lado do corredor, como Bruno imaginou que deveriam ficar as camas dos marinheiros das antigas caravelas. Um minúsculo espaço comunal oferecia algumas mesas e cadeiras. Mais adiante, seguindo por aquele corredor inferior, passava-se pelos tanques de combustível, a área de carga, e os banheiros para a tripulação.

Quarenta pessoas, pensou Bruno, espremendo-se dentro daquele balão horizontal, cruzando o oceano vinte vezes por ano. Ocorreu-lhe o quão horrivelmente suicida era a situação daqueles que, nos tempos da Grande Guerra, estiveram dispostos a voar em bolsas de gás inflamável para soltar bombas sobre Londres, aguardando o momento inevitável em que algum disparo inimigo perfuraria o revestimento, e teriam de escolher entre se deixar envolver por uma maré de fogo ou se atirar no vazio. Um exército de Ícaros.

Quão terrível teria sido a visão daqueles em terra, o uivo de harpia das sirenes de bombardeio, os céus noturnos vasculhados por canhões de luz, vendo-se invadidos por cardumes daqueles leviatãs aéreos vindo despejar a morte sobre eles até que fossem abatidos, quando então estouravam em chamas nos céus feito teofanias?

Quão terrível e, ao mesmo tempo, quão maravilhoso? Ele daria qualquer coisa para ter visto aquilo com seus próprios olhos.

— Acho melhor voltarmos — sugeriu Bruno, suando frio.

— Ora, o senhor não quer interrogar os tripulantes? Venha, deixe eu lhe mostrar, ainda há uma sala de controles secundária na cauda do dirigível, que...

— Vamos voltar para a gôndola, comandante — Bruno repetiu, com firmeza.

— Claro, Herr Brückner, como o senhor preferir.

Subiram de volta para o corredor axial, que Bruno atravessou a passos rápidos e nervosos, até encontrar a escada de volta à sala de navegação, descendo à frente do comandante.

De volta ao acolhedor conforto da gôndola, Bruno bateu à porta da cozinha, na qual o chefe Kubis explicava a um indignado cozinheiro e seu assistente que eles não deveriam mais servir a sopa de tapioca até segunda ordem; os três espremidos entre o fogão elétrico, o armário com as pesadas porcelanas do serviço de bordo e a imensa máquina de expresso Victoria Arduino.

— Chefe Kubis — interrompeu Bruno —, o senhor pode pedir ao Mr. Hay para me encontrar na cabine em cinco minutos? Diga-lhe que... preciso da sua opinião profissional sobre uma questão artística.

— O senhor gostaria de um *apéritif* para abrir o apetite?

— Já que o senhor sugeriu, sim. Um uísque com soda para mim... e o que for da preferência de cada um, conforme forem sendo chamados. O senhor deve sabê-las de cor, a essa altura da viagem.

— Certamente — o comissário-chefe Kubis assentiu, e saiu da cabine.

6

Pouco tempo depois, Mr. William Hay apareceu à porta.

Pelo que o comissário-chefe Kubis lhes dissera, o pai de William Hay havia feito grande fortuna com a importação de café do Brasil para a Inglaterra ainda antes da guerra. Isso permitiu a seu filho abandonar os estudos de artes na universidade e ter passado os últimos anos em uma vida de excessiva liberalidade nos cabarés da República de Weimar, alimentando pretensões de viver como escritor, poeta, crítico literário ou algum outros desses ofícios de prestígio incerto e remuneração escassa. William Hay, ou Willy, como insistia em ser chamado, era alguém para o qual nunca faltou dinheiro, e por conseguinte, alguém desacostumado a se deixar intimidar por inquéritos policiais.

Pareceu surpreso com a cena que encontrou: Bruno Brückner estava sentado no sofá, ao lado da janela, com o braço apoiado na mesinha, enquanto o comandante estava de pé, próximo à porta.

— Estamos um pouco aglomerados aqui, não? — disse o inglês.

— Por favor, fique à vontade, Mr. Hay — Bruno indicou o sofá.

— Por favor, pode me chamar de Willy — Mr. Hay sentou-se. — Em que posso lhes ser útil, senhores?

— O nome Jonas Kurtzberg diz algo para o senhor? — perguntou Bruno, exibindo o passaporte do falecido, com a foto do homem que antes era conhecido como Otto Klein. — Jonas Shmuel Kurtzberg, para ser mais preciso.

William Hay pareceu espantado ao ouvir esse nome.

Em seguida, um franzir de cenho, o olhar confuso indo de Bruno ao comandante, conforme ia assimilando aquele cenário. Então viu os papéis sobre a mesinha e reconheceu a capa branca da *Die Insel* e da *Der Eigene*, pois sua expressão mudou por completo, ficando perfeitamente à vontade.

Batidas à porta: era o comissário-chefe Kubis, trazendo um uísque com soda para Bruno e um martíni para Mr. Hay. Entregou as bebidas e saiu.

— Ah! — Mr. Hay bebeu seu drinque, relaxou o corpo, cruzou as pernas e sorriu, manhoso como o gato de Alice. — Sim, sabia que eu conhecia esse nome de algum lugar. Não estava errado, pelo visto.

— Então o senhor o conheceu?

— Apenas de vista, nos cabarés da vida, sabe como são essas coisas... Mas conheço bem *sua obra* — apontou as revistas com a taça. — Veja o senhor mesmo. É dele o crédito de muitas fotos que ilustram essas revistas. São boas fotos. Suas composições são mais modernas do que as do barão Von Gloeden. O espírito clássico *inspira* a composição, mas não faz dela uma simulação do passado. Contudo, não se vê uma boa pica nas fotos de Kurtzberg, o falo é sempre sugerido, simbólico. Nas de Von Gloeden, sim. Nelas, as picas vêm ao natural. Há quem diga que algo é mais erótico quando é somente sugerido, e não mostrado. Mas, na minha opinião, são apenas estéticas distintas. Pode-se acusar Von Gloeden de ter sido muito tradicional, mas um belo cacete italiano, visto no seu repouso casual, como se o rapaz fosse uma escultura viva, tinha seu valor.

O comandante Eckener ficou rubro de constrangimento.

— "Tinha"? — perguntou Bruno, em tom jocoso. — Não tem mais?

— Von Gloeden morreu há três anos — explicou Willy Hay. — E Mussolini mandou confiscar e destruir toda a sua obra. Talvez uma coisa ou outra tenha se salvado nas mãos de colecionadores.

— Naturalmente. É para elas, suponho, que a maioria dessas fotos são feitas, não? — disse Bruno, indicando as fotos avulsas. — As *mãos* de colecionadores. O senhor crê que Jonas Kurtzberg viajava incógnito por esse motivo?

— "Viajava"? Não viaja mais? — foi a vez de Willy Hay usar um tom jocoso. — Onde está ele? Não é como se tivesse muito para onde ir aqui dentro.

— Jonas Kurtzberg foi assassinado nesta madrugada, *mein Herr* — disse o comandante.

Willy ficou mudo.

— Assassinado... como?

— Com a ingestão de uma dose letal de cianureto — explicou Bruno.

— Cianureto? Minha nossa — Willy ficou um instante em silêncio, digerindo aquela informação. — Então foi um suicídio, naturalmente.

— O que o leva a pensar nisso?

— Me parece a conclusão mais óbvia. Ouvi falar que era assim que os espiões faziam na guerra: ingeriam cápsulas de cianureto, para evitar serem pegos.

— Então o senhor crê que Jonas Kurtzberg era um espião? De quem?

— Ora... dos bolcheviques, de quem mais? Não digo um espião de fato, talvez apenas um agente a serviço de Moscou. Ou talvez apenas um comunista enrustido, fugindo dos expurgos. Afinal, ele era ligado ao KPD. Digo, antes de vocês nazistas banirem o Partido Comunista já no primeiro dia de governo. E ele era judeu, também. Não é como disse a baronesa, ontem à noite? Ou foi o doutor quem falou? Que todo judeu é bolchevique?

— O senhor parecia concordar com as ideias do dr. Vöegler e da baronesa ontem no jantar, Mr. Hay — disse Bruno. — Agora, seu tom me parece um tanto, como direi... crítico? Onde residem suas opiniões políticas?

— Eu estava apenas sendo gentil com os senhores. Eu claramente estava em minoria naquela mesa, e não seria eu a estragar uma noite agradável.

— Em minoria? Qual delas? — Bruno optou pela abordagem direta. — O senhor é um comunista, Mr. Hay?

— Não! — Willy falou com firmeza, poder-se-ia dizer até com certa irritação na voz. — Mas, já que perguntou, me considero um trabalhista. Acredito no socialismo e na democracia. Na minha opinião, o que Stálin fez foi corromper os ideais do comunismo, impondo sua visão dogmática das teorias marxistas, seu culto à personalidade, enfim — tomou outro gole de seu martíni. — De todo modo, críticas à parte, é inegável que o livre mercado inevitavelmente corrompe a democracia. Você ouviu o que a baronesa disse ontem à noite. Nenhum daqueles homens pôs dinheiro na mão de Hitler pensando em manter uma democracia. E gente como o senhor, Herr Brückner, certamente não se preocupa com isso. O comandante Eckener, que é um bom homem, talvez sim. Se o senhor tivesse se candidatado, comandante, e ouvi dizer que quase o fez, eu teria votado no senhor. Se eu fosse alemão, claro.

— O que me leva à questão — disse Bruno. — O que um homem com tanto desdém pelos valores alemães fazia na Alemanha?

— Valores alemães? — Willy riu. — Quais, os valores nazistas?

— Os valores nazistas *não são* valores alemães! — protestou o comandante Eckener, ao que Willy sorriu fechando os olhos, erguendo a taça do martíni como se fizesse um brinde.

Bebeu um último gole e entregou a taça para Bruno, que a largou sobre a mesinha.

— Ao menos não eram quando fui para lá na primeira vez — completou Willy. — Fui para a Alemanha para fugir de gente como vocês na minha ilha. Os moralistas. Ora, o que era a Inglaterra naquele tempo? Uma terra que achou aceitável censurar o trabalho de Joyce! Onde um magistrado qualquer se acha no direito de entrar na galeria Warren e retirar as pinturas de D. H. Lawrence, alegando indecência! Ora, quando a censura chega às artes, qualquer jovem de espírito livre pensa a mesma coisa: é hora de ir embora. Os americanos fugiram da repressão da Lei Seca indo beber em Paris. Na Inglaterra, nossa repressão era outra, então se ia para Berlim. Ah, os cabarés! As festas no El Dorado! As praias de nudismo! Ah, e Hamburgo? As noites no Sankt Pauli... a liberdade de ir a uma banca de revistas e comprar a última edição da *Die Insel*... Mas então vocês, nazistas, foram ganhando poder. No começo não levei muito a sério, parecia apenas um bando de valentões se organizando nos seus clubes de tiro, apenas alguns professores nacionalistas com discursos messiânicos influenciando uns poucos alunos, aqui e ali. E os militares, claro, distribuindo medalhas feito doce. O que eram os oficiais condecorados andando pelas ruas, fazendo Berlim parecer um grande quartel?

Willy ficou em silêncio por um instante. E preferiu falar se voltando para o comandante Eckener.

— E então começaram as ameaças, as perseguições, os espancamentos. E agora todo mundo que é interessante está indo embora. Enfim, a Alemanha acabou, hora de partir. E pensei em conhecer o Brasil, que afinal é de onde vem nosso dinheiro. Meu pai, como suponho que saibam, é um dos maiores importadores de café da Inglaterra.

— Oh, sim. O Brasil — Bruno lhe mostrou o exemplar da *Die Insel*. — Esse rapaz na capa lhe parece familiar?

— Não. Deveria?

— O crédito na foto diz que foi enviada por um leitor do Rio de Janeiro — explicou Bruno. — Não sei, talvez seja uma coincidência aleatória, ou talvez possa ser alguém que Jonas Kurtzberg estivesse por encontrar no Rio. Alguém que tenha conhecido em Berlim? Nos cabarés da vida?

— É pouco provável — disse Willy. — Veja bem, a *Die Insel* tem assinantes no mundo todo, é uma revista bastante popular, ao contrário da sua rival, que é muito elitista. Ou melhor, era. Vocês fecharam a redação de ambas este ano.

— Você já escreveu para alguma delas? — perguntou Bruno.

— Porque faz uma pergunta para a qual já sabe a resposta? — Willy sorriu. — Sim, eu costumava escrever resenhas para a *Der Eigene*, a revista rival.

— Qual era a natureza dessa... rivalidade? — questionou o comandante Eckener.

Willy se voltou para ele, com um indiferente erguer de sobrancelhas.

— Nada que justificasse um assassinato, se é o que está insinuando.

— Eu não estou insinuando nada, Mr. Hay, apenas...

— Já disse, me chame de Willy, por favor. Mr. Hay é meu pai — ele sorriu. — Radszuweit, o editor da *Die Insel*, é um sujeito muito pragmático, irremediavelmente otimista, receio. E com tino para os negócios. Ele acredita que a leitura contribui para a criação de um senso de comunidade, e crê que o equilíbrio correto entre entretenimento e política pode resultar em ação prática. Suas publicações são mais acessíveis, ele não tem medo de recorrer a certo erotismo *risqué* e mostrar ao seu leitor que ele não está sozinho no mundo, que o amor homossexual não é algo limitado à Grécia Antiga, às pinturas clássicas ou a meia dúzia de obras eruditas. E queria abraçar tantos públicos quanto fosse possível, não apenas os homossexuais homens. Ele publicava uma excelente revista para lésbicas também, *Die Freundin*, "A amiga". E a *Das dritte Gesch-lecht*, "O terceiro sexo", para travestis. E promovia umas festas, os *Puppenbälle*, que, rapaz... aquilo sim é que é festa.

— E qual a natureza da rivalidade dele com a *Der Eigene*?

Willy suspirou, fazendo uma careta que dava a entender que ele mesmo considerava a questão exaustiva.

— Adolf Brand, o editor da *Der Eigene*, é um idealista. E ele tinha ambições literárias sérias para sua revista. Vivia recla-mando que a maioria dos homossexuais está mais interessada em fazer festa nos cabarés do que em literatura. Brand crê no anarcoegoísmo e critica a "falta de idealismo" de Radszuweit, que por sua vez rebate acusando o rival de "falta de pragma-tismo". Além disso, a visão de Brand para a cultura homosse-xual é um tanto... elitista, estritamente masculina, excessiva-mente grega, por assim dizer. Ou seja, ele pouco se importa com lésbicas, travestis ou mesmo com os homens efeminados. Ele é bissexual, por sinal. Soube que se casou com uma mulher. O que fez Radszuweit acusá-lo de ser apenas mais um heteros-sexual querendo lucrar em cima de homossexuais.

Bruno olhou para o comandante Eckener.

O comandante assentiu. Bruno mostrou a fotografia avulsa para Willy.

— Esse rapaz da foto lhe parece familiar?

— Não. Deveria? — Ele virou a foto e viu o nome anotado no verso. — Ah, Fridolin! Sim, claro, faz sentido. Ele tem o tipo de beleza que um esteta como Kurtzberg apreciaria. O ra-paz estava sempre nas colunas sociais ao lado da tia, mas devo tê-lo visto pessoalmente uma ou duas vezes, apenas...

— Nos cabarés da vida? — zombou Bruno.

— Nos cabarés da vida — garantiu Willy. — Escutei algu-mas histórias... envolviam marinheiros e um navio vindo de Brest. Por ele, corações foram partidos e ao menos uma gar-ganta foi cortada. Não sei dos detalhes, obviamente tudo foi abafado, e o rapaz foi mandado para o exterior. Afinal, ele é sobrinho de Van Hattem, um dos maiores financiadores desse seu partido. Ah! Se a baronesa soubesse que estava sentada diante de Jonas Kurtzberg! Frente a frente com um dos "degenerados" que ela provavelmente crê terem corrompido seu anjinho...

— O senhor acha que pode ter sido o caso?

— Ora, claro que não! Não foi Kurtzberg quem levou Fridolin para o "mau caminho", não mais do que os dançarinos do El Dorado, os *Strichjungen* no Sankt Pauli ou metade da marinha francesa, se o que escutei for verdade.

— Não, eu me referia à baronesa — disse Bruno, irritado. — Ela *sabia* da vida secreta do seu sobrinho? O senhor acha que, em posse dessa informação, ela pode ter se vingado do homem que julgava responsável por desvirtuar seu sobrinho?

— Talvez. Envenenamento é uma coisa muito feminina, não? Sempre me lembro de Lucrécia Bórgia. Não sei onde ela conseguiria o cianureto. Embora, claro, tenhamos tomado sopa de tapioca ontem no jantar.

— O que isso tem a ver? — o comandante Eckener se intrometeu.

— Ora, então não sabem? — disse Willy. — A tapioca é feita a partir da mandioca. Que é a planta com maior concentração de cianureto que existe.

Bruno e o comandante se entreolharam. Eckener ficou pálido.

— Eu não sabia disso — disse o comandante.

Willy perguntou se havia algo mais que quisessem saber dele. Os dois disseram que não. Pediram apenas que ele mantivesse a discrição e não comentasse nada com nenhum outro passageiro, antes que chegassem a uma conclusão.

7

A baronesa Fridegunde van Hattem entrou na cabine. Estava animada e chegou sorridente, como se alguém tivesse lhe contado uma piada pouco antes de entrar. Para justificar que fosse chamada à cabine, haviam dito que houvera um problema com sua bagagem, e que o comandante precisava lhe falar em particular.

— Oh! *Der Polizist und der Kommandant!* — ela suspirou. — Bem, vi minhas joias ainda há pouco, antes de ir ao salão-restaurante, então não é possível que alguém possa ter... oh, não, obrigada! — a porta havia sido aberta, e o chefe Kubis apareceu trazendo um gim-tônica na bandeja. — É como diz aquela música, *"Mama don't want no gin because it would make her sin"*. E já tive minha cota ontem!

— De gim, ou de pecados? — provocou Bruno, com um sorriso.

— Oh, Herr Brückner, o senhor é maldoso! — ela riu. — Então, o que houve? Como disse, ainda há pouco estava lidando com minhas joias na minha cabine, não vá me dizer que alguém já as roubou! Tão rápido? Ainda que, com esses brasileiros a bordo, quem pode dizer? São todos mestiços, não se pode confiar muito em...

— Não é nada disso, Frau Van Hattem — disse Bruno. — Receio que seja algo mais sério. Diga-me, a senhora tem filhos?

— Não, não. Mas tenho um sobrinho, Fridolin. *Mein Gott!* Aconteceu algo com ele? Disseram algo pelo rádio?

— Não, de modo algum. Mas eu precisava esclarecer algumas questões antes. Fale-me do seu sobrinho, Fridolin.

— Não estou compreendendo. O que ele tem a ver com isso?

— Ocorreu um crime a bordo — explicou Bruno. — E o nome do seu sobrinho surgiu em anotações encontradas com a vítima. E eu gostaria de...

— Vítima? — a baronesa se sobressaltou. — De que tipo de crime estamos falando?

— Se a senhora não se importa, eu faço as perguntas aqui — Bruno disse, com um tom suave, porém firme, e sorriu.

Ela mudou o tom e a postura. Era uma mulher desacostumada a receber ordens, somente a dá-las, e não hesitava em lembrar a qualquer um em seu entorno de suas posições sociais inferiores, caso cruzassem seu caminho.

— O senhor tome cuidado com o tom que usa — ela disse. — Creio que tenho o direito de saber do que se trata isso tudo, afinal.

— Um homem foi assassinado a bordo, baronesa. Ele viajava com passaportes falsos, e o nome do seu sobrinho estava nas suas anotações. Estamos apenas tentando estabelecer quem ele de fato era, e acreditamos que a senhora possa nos ajudar nisso. Para tanto, precisamos que nos fale do seu sobrinho.

— Oh, compreendo — ela pareceu mais à vontade com isso. — Bem, chamem de volta o chefe Kubis. Vou aceitar aquele gim-tônica, agora.

O comandante saiu da cabine por um instante. Bruno e a baronesa trocaram sorrisos cordiais.

— Creio que podemos... — começou Bruno.

— Vamos esperar meu gim-tônica — a baronesa o interrompeu.

O comandante voltou com a bebida. A baronesa agradeceu, bebericou e disse:

— A mãe de Fridolin era minha irmã e seu marido, nosso primo. Ele era oficial de cavalaria e morreu na ofensiva do Somme, em 1916. Já minha irmã faleceu de tuberculose pouco depois. Fridolin tinha somente seis anos na época, e vive conosco desde então. É como um filho para nós. É um menino muito meigo, nunca nos deu problema. Oh, ele já tem seus vinte e quatro anos, mas eu ainda o chamo de menino, porque para mim ele será sempre meu menino. Praticamente um anjo! Ele é muito inteligente, educado e prestativo. E muito religioso, também. Sempre me acompanha à missa! Não é nada como esses jovens de hoje, que só querem saber de farra, gim e jazz.

— A senhora não aprova o gim ou o jazz?

— O gim, se tomado com moderação, não há problema. Mas o jazz é totalmente impróprio. Não se deve estimular a infusão de sangue negro na cultura alemã. O senhor sabe, músicas de negros são sempre degeneradas. Macacos tocando trompetes. O senhor verá, quando desembarcar no Rio de Janeiro. Eles também têm lá seus problemas com isso, com música de negros.

— Mas essa música que a senhora ainda há pouco estava cantarolando, quando primeiro lhe ofereceram um gim-tônica... não era um jazz?

— Ah, querido, mas *eu* tenho discernimento. O problema é o povo.

— Bem, baronesa, não sei se a vítima em questão bebia gim ou escutava jazz, mas o fato é que o nome do seu sobrinho estava anotado à mão nos seus papéis, e supomos que talvez a senhora pudesse conhecê-lo. Seu nome era Jonas Kurtzberg.

— Não, nunca ouvi falar. Mas, ah, eu nem teria como conhecer *todos* os amigos do meu Fridolin. Veja bem, ele é um rapaz *muito* popular.

— Posso imaginar.

— E quem é esse Kurtzberg, afinal?

— A senhora o conheceu ontem à noite, mas com outro nome. Ele se apresentou como Otto Klein.

Ela fez uma expressão surpresa.

— Ah! Então Mr. Hay estava certo? Ele é mesmo judeu? Aliás, onde está ele agora?

— Baronesa, o sr. Jonas Kurtzberg foi assassinado nesta madrugada.

— Oh...

Ela ficou em silêncio por algum tempo, absorvendo a informação. Então tomou seu gim-tônica de um gole só.

— E como foi que ele morreu? Aliás, o que ele fazia aqui?

— Pelo que descobrimos, olhando na sua bagagem de mão, ele trabalhava como fotógrafo para algumas revistas. E foi envenenado com cianureto.

— *Mein Gott!* Um veneno terrível — disse a baronesa, e acrescentou, falando de modo casual: — Mas muito eficaz, sabe? Se utilizado na medida correta, há bastante tempo para o envenenador se afastar até a vítima de fato morrer. Horas, por vezes. E é um veneno fácil de encontrar. Amêndoas amargas e caroços de damasco são grandes fontes de cianureto. Li que os sintomas podem incluir tontura, respiração rápida, vômito, rubor, sonolência, pulso acelerado e inconsciência...

— A senhora andou lendo a respeito, pelo que vejo? — perguntou Bruno. — Parece conhecer muito bem o funcionamento do cianureto.

— Ah, sei o que está pensando, mas não se assanhe! — ela riu, fazendo um gesto no ar como se afastasse uma mosca. — Sou fascinada pela história de Lucrécia Bórgia desde que assisti à ópera de Donizetti. Os Bórgia preferiam o arsênico, que aliás era muito usado como tônico nos tempos de vovó. Desde então, fiquei muito interessada no funcionamento dos venenos. Mas... pobre homem! Que morte horrível. Quem poderia tê-lo matado?

— Não sabemos ainda. Por isso a chamamos aqui. O falecido Herr Klein, ou Kurtzberg, tinha consigo algumas publicações que indicam sua ligação com o movimento de direitos dos homossexuais. Mas por algum motivo, aquele cavalheiro inglês, Mr. Hay, está inclinado a acreditar que Kurtzberg fosse um agente comunista infiltrado.

— Ah, sim... compreendo — a expressão dela foi mudando por completo, o sorriso se convertendo em uma expressão de frieza indiferente. — Bem, então o filho da puta teve o que mereceu.

Bruno ergueu uma sobrancelha, surpreso. O tom de voz da baronesa, entre dentes, era de uma ferocidade mal contida.

— Ora, não me olhe assim — a baronesa ergueu o queixo, desafiadora. — Os bolcheviques não merecem mais do que fariam com gente como nós. Lembre-se do que fizeram com o tzar! O dr. Vöegler estava certo ontem à noite, quando disse que os comunistas são nossa maior ameaça. Querendo pôr todos em pé de igualdade, ora veja. Consegue imaginar uma visão de mundo mais *impraticável*? Afinal, se todos fossem iguais, qual seria a utilidade de se ter muito dinheiro? Quanto mais coisas se tem, mais os desejos e anseios vão mudando e aumentando a cada dia, só que não é tão simples assim. Bom mesmo é possuir coisas exclusivas, a que só nós temos acesso. Se todos têm acesso a esses prazeres, eles passam a não ter mais graça.

Bruno olhou para as revistas sobre a mesinha a seu lado e hesitou quanto a mostrá-las ou não para a baronesa.

— A questão que fica, baronesa, é que as únicas pessoas que tiveram contato com a vítima foram aquelas que jantaram com Jonas Kurtzberg ontem à noite — lembrou-lhe Bruno. — Ele se recolheu mais cedo e com aparente pressa, como deve se lembrar, logo depois que Mr. Hay o provocou com insinuações sobre sua origem judaica. E então, esta manhã, ele foi encontrado morto no sanitário masculino.

— Oh! Então foi por isso que os homens estavam utilizando o nosso! Ele deve ter passado a madrugada lá.

— Bem, eis a questão. Pouco depois das quatro da manhã, após os malotes do correio aéreo terem sido largados em Salvador, Mr. Hay diz ter escutado passos no corredor, mas não soube precisar a hora. A senhora escutou algo?

— Ah, não escutei nada, confesso que dormi feito Branca de Neve.

— A senhora quis dizer Bela Adormecida?

— Ora, Branca de Neve também cai no sono, não?

— Sim, verdade — concordou Bruno. — Mas só depois de ser envenenada...

— Bem, Herr Brückner, se me permite, já está na hora do almoço e estou faminta! Não sei por que motivo esse judeu comunista degenerado tinha o nome do meu Fridolin anotado nas suas coisas. Talvez ele estivesse tentando algo contra mim, alguma chantagem ou constrangimento? Depois da ação daqueles horríveis sindicatos na fábrica do meu Helmut, não duvido de nada! Deve ser o impulso natural do judeu bolchevique pela destruição. Se for assim, faz sentido que ele tenha se matado com uma cápsula de cianureto.

— Não falei nada quanto a cápsulas de cianureto.

— Não? Ora, mas é como fazem nos enredos de espionagem, não? Vi um filme assim. Ou foi num livro? De todo modo, fico feliz que o sujeito esteja morto. Proporei um brinde a Mr. Hay por ter ajudado a desmascará-lo ontem à noite.

— Oh, não — intrometeu-se o comandante. — Por favor, não diga nada a ninguém até termos chegado ao fim das nossas conclusões. Os demais passageiros não devem saber, baronesa.

— Claro, naturalmente, onde estou com a cabeça? Não vamos deixar que essa ralé comunista estrague as últimas horas desta nossa viagem adorável.

Ela fez menção de se levantar, mas Bruno ergueu a mão.

— Uma última questão, baronesa...

— Sim?

— Seu sobrinho. O papel em que o nome dele foi anotado... é uma fotografia. Nada obsceno, lhe asseguro. Apenas uma foto, ao que parece tirada em algum balneário do Báltico. Se a senhora puder olhar e me confirmar que...

— Não vou olhar nada, obrigada — ela se levantou.

— Baronesa, só precisamos confirmar se...

— Herr Brückner, se o nome do meu sobrinho for de alguma forma mencionado em associação a esse verme parasita, minha família tomará todas as providências cabíveis para punir quem quer que seja responsável por essa injúria. Não me agrada pôr a situação em tais termos, mas gente como o senhor deve saber seu lugar. O senhor é um mero membro da *Kriminalpolizei*. Meu marido é próximo do próprio *Reichsführer* Himmler.

Ela se voltou para Eckener.

— Poderia abrir a porta, por favor, comandante?

Ele obedeceu. A baronesa saiu trotando da cabine, sem se despedir.

O comandante Eckener puxou o relógio do bolso e lembrou a Bruno que precisava ir até a *Steuerraum* para ver como estavam as coisas com Knut, mas que logo voltaria.

— Quer que eu traga o dr. Vöegler ao voltar? — perguntou o comandante. — Vão começar a servir o almoço.

— Ah, detestaria ter que interromper a refeição do dr. Vöegler... — disse Bruno. E então, assumindo o burocrático e indiferente tom de voz que se tornaria uma característica dos oficiais de seu partido, sugeriu: — Diga-lhe que é uma emergência médica. E peça que traga consigo sua valise.

8

O dr. Karl Kass Vöegler entrou apreensivo na cabine, com o comandante Hugo Eckener vindo logo atrás. O médico sanitarista ficou surpreso ao ver Bruno relaxado na outra ponta do sofá, folheando de modo desinteressado a *Die Insel*.

— Herr Brückner! O que houve? O senhor está bem?

— Sente-se, por favor, dr. Vöegler — Bruno largou a revista sobre a mesinha e encarou o médico sanitarista. — Senti um pouco de tontura e enjoo, e pedi ao comandante que o chamasse aqui.

— Algo no desjejum não lhe caiu bem, talvez?

— Não creio. Não comi nada com que não estivesse acostumado. Ontem à noite, contudo, depois daquela sopa de tapioca... fiquei preocupado, pois me foi dito que a mandioca é um alimento muito rico em cianureto.

— Oh, sim, há um tipo específico de mandioca que é muito rica em cianeto de hidrogênio, mas apenas se não for bem cozida ou consumida crua. Ainda assim é improvável que tenham nos fornecido desse tipo no Recife. Além disso, outros passageiros também teriam passado mal, se fosse o caso.

A porta foi aberta. O comissário-chefe Kubis apareceu trazendo um copo de água com gás para o dr. Vöegler e saiu em seguida.

— Não tenho com o que me preocupar, então? — perguntou Bruno.

— De modo algum, sua saúde me parece perfeita — o dr. Vöegler olhou para o comandante e de novo para Bruno. — Há mais alguma coisa?

— Sim, infelizmente, há, doutor — disse Bruno, entregando-lhe as revistas.

O dr. Vöegler folheou os dois exemplares com uma expressão de nojo.

— *Ach!* O que é isso? De onde saiu?

— Nós a encontramos na cabine de um dos passageiros. Não temos certeza de qual relação ele possa ter com essas revistas, mas gostaria que o senhor me falasse mais a respeito do tipo de pessoa que se envolve com essa sorte de publicação. Sua opinião profissional, no caso. Lembro que, ontem à noite, o senhor disse algo sobre seu envolvimento com um certo Institut für Sexualwissenschaft do dr. Hirschfeld, em Berlim, do qual nada sei.

— Meu "envolvimento", não! De modo algum! Meu único envolvimento foi em acabar com aquele antro de degeneração — disse o dr. Vöegler, irritado. — Hirschfeld... aquele homem é um perigo à nação germânica, uma ameaça à purificação da raça ariana, do *Volk*.

Explicou então que Magnus Hirschfeld era um médico judeu que havia fundado, em Berlim, um "Instituto de Sexologia". Seu objetivo era claro: reverter o parágrafo 175 do Código Penal alemão, que criminalizava as relações sexuais entre pessoas do mesmo sexo. Para atingir esse fim, ele havia patrocinado estudos científicos, publicações e até produzido um filme para os cinemas, *Anders als die Andern*, "Diferente dos outros", além de ter organizado um abaixo-assinado, angariando o apoio de gente como Einstein, Stefan Zweig e Rilke, entre outros.

— Esse homem é tão degenerado, que até mesmo supervisionou uma cirurgia para *mudar o sexo de uma pessoa!* Consegue imaginar uma coisa dessas? — disse o dr. Vöegler, indignado. — Ele dizia que perseguir os homossexuais era tão bárbaro quanto a caça às bruxas medievais, e que o Código Napoleônico da França era um exemplo a ser seguido, pois, onde quer que fosse introduzido, cessavam as perseguições da polícia aos homossexuais. Ora! Me diga o senhor, se tal francofilia não é por si só prova de que dar direitos aos degenerados é a coisa menos germânica a se fazer?

— Confesso que nunca pensei muito a respeito — disse Bruno. — Como policial, prefiro gastar meu tempo com outras coisas a ficar correndo atrás dessa gente. Contudo, é meu trabalho, e parece não ter fim. Suponho que o senhor esteja correto.

— Compreendo seu cansaço. O *Reichsführer* Himmler estipula os homossexuais da Alemanha em cerca de um a dois milhões, o que é quase dez por cento dos homens do país. Se for assim, nossa nação será cedo ou tarde destruída por essa praga. Se esses homens não são mais capazes de manter relações com mulheres, isso irá desequilibrar a proporção dos sexos, e será nossa ruína. Iremos nos tornar uma nação *efeminada*. E de nada adiantará a superioridade da nossa raça, se tivermos poucas crianças. É preciso que se tenha muita clareza quanto a isso: se continuarmos mantendo esse fardo, será o fim da Alemanha e do mundo germânico. Os homossexuais *precisam* ser eliminados.

— *Mein Gott*, doutor — disse Bruno. — Eu pensava em termos de expulsão, não de eliminação. Alguns desses homens até têm esposas ou filhos, e mesmo os que não os tenham, é de se supor que tenham pais e mães. Isso não iria gerar conflitos, protestos?

— Ora, convenhamos, Herr Brückner... quem seria capaz de amar um filho homossexual? — bebeu um gole de sua água. — Não sejamos hipócritas aqui. O senhor seria capaz? Pessoalmente, eu preferiria que um filho meu morresse em algum "acidente" do que fosse visto abraçado a algum bigodudo por aí. Mas, claro, não corro esse risco porque meus filhos foram bem-educados, não viveram em ambientes como até pouco tempo atrás lamentavelmente se via, nos cabarés regados a bebida barata e música de negros.

Entregou de volta as revistas para Bruno, que as largou sobre a mesinha.

— Talvez o senhor esteja mais bem informado do que eu — disse Bruno. — E longe de mim querer espalhar boatos a esse respeito, mas é curioso que o *Reichsführer* Himmler tenha dito tudo isso a respeito dos degenerados... — Bruno baixou o tom de voz. — Pois ouvi dizer, de fonte confiável, que o *Stabschef* Röhm e vários dos seus *Sturmtruppen* eram clientes assíduos da boate El Dorado, um conhecido cabaré de Berlim que...

— Oh, sim, lembro-me de um escândalo na época das eleições — murmurou o dr. Vöegler. — Na época, julguei que fosse apenas contrapropaganda. Mas Himmler sabe o que diz e sabe o que faz. Se Röhm for mesmo um homossexual... bem, o partido cuidará disso. "Alemanha acima de tudo", como diz nosso hino. Agora, é a vez do senhor me contar algo: quem é o degenerado que trouxe essas revistas a bordo?

— Ah, o senhor não vai acreditar: nosso comensal nervoso de ontem à noite, Herr Otto Klein.

— Não diga! Eu sabia que havia algo de errado com ele!

— E há mais: este nem mesmo era o verdadeiro nome dele. Ele usava um passaporte falso. Seu verdadeiro nome era Jonas Shmuel Kurtzberg.

— Um judeu, então! — o dr. Vöegler ficou surpreso. — Mr. Hay estava certo, afinal. Mas não vi esse tal Kurtzberg no desjejum hoje. Onde ele está?

— Morto — disse o comandante Eckener, em um tom seco, irritado.

O dr. Vöegler pareceu ficar surpreso. Encarou Bruno como se em busca de respostas, e, ao ver a expressão dura em seu rosto, suspirou.

— Ah, compreendo. Suas perguntas sobre cianureto agora fazem sentido. Ele foi envenenado, é isso? Mas não há como... não pode ter sido pela sopa de tapioca, isso é certo.

— Posso ver sua valise, doutor?

O dr. Vöegler ficou desconfiado.

— Claro — ele a entregou a Bruno. — Mas garanto que não irá encontrar nada de incomum nela. Certamente não levo cianureto comigo.

Bruno abriu a valise e analisou os instrumentos e medicamentos nela. Então retirou um vidrinho de tônico, do qual leu o rótulo: "Solução de Fowler". Contendo um por cento de arseniato de potássio, ou seja, arsênico.

— "Muito usado nos tempos de vovó" — murmurou Bruno.

— Perdão?

Bruno gesticulou com a mão, como se afastasse um inseto. Teria sido necessária uma dose enorme para que fosse fatal, e o vidro ainda estava cheio. Então encontrou outro vidrinho, e seu rosto se iluminou.

Retirou-o da valise e o ergueu entre o polegar e o indicador, para que tanto o doutor quanto o comandante pudessem ver. O vidro não estava cheio. Certa quantidade já havia sido usada.

— Ácido clorídrico — disse o dr. Vöegler, irritado. — Eu o uso o tempo todo para testar purezas, quando necessário. O que há de errado nisso?

— Oh, esqueci de lhe dizer, doutor. Jonas Kurtzberg era fotógrafo. E, dentre seus pertences, havia um vidro contendo azul da Prússia.

O dr. Vöegler empalideceu.

— Mas... mas... ora, como eu poderia saber disso?

— De modo algum — Bruno o tranquilizou. — Não estou supondo que o senhor soubesse. É apenas uma coincidência. A vítima, um judeu homossexual, foi envenenada com cianureto. Sabemos que o azul da Prússia, se combinado com ácido clorídrico, gera uma nuvem de gás tóxica que pode ser fatal. Suponho que alguém poderia ter entrado na cabine de Kurtzberg durante a madrugada e misturado o ácido clorídrico a um pouco de azul da Prússia. Isso teria o efeito de transformar aquela cabine numa verdadeira câmara de gás, como aquelas que os americanos utilizam para executar seus criminosos.

Foi a vez de o dr. Vöegler, tendo bebido seu copo d'água, relaxar o corpo e sorrir de modo confiante.

— O senhor é muito imaginativo, Herr Brückner — disse o doutor. — Mas falha em dois pontos: eu nem sequer sabia a identidade do sujeito até este momento, e mesmo agora, sabendo, não vejo que motivo eu teria para perder meu tempo o assassinando de modo tão complexo, a bordo de um dirigível que, devo lembrá-lo, é o orgulho da Alemanha, podendo provocar um escândalo. Não que ele não merecesse morrer, diga-se de passagem. Um degenerado de uma raça sub-humana, tal qual Hirschfeld, não fará falta. Agora, mesmo que eu soubesse quem ele era e tivesse uma enorme vontade de assassiná-lo, eu precisaria saber com antecedência que ele levava consigo na bagagem de mão um vidro com azul da Prússia, e precisaria fazer tudo isso sem acordar a suposta vítima. Mais fácil seria ter lhe dado uma pancada na cabeça, talvez?

— Concordo, e longe de mim querer acusá-lo, doutor — disse Bruno. — Mas, como o senhor mesmo disse, o senhor acordou de madrugada. Mr. Hay escutou duas vezes alguém passando pelo corredor, e o senhor mesmo admitiu que, ao menos em uma dessas vezes, era o senhor indo ao lavabo. E é importante acrescentar, Jonas Kurtzberg não foi encontrado morto na cabine, mas no sanitário ao lado do lavabo.

— Cuja porta se manteve trancada por dentro até a metade da manhã, e eu precisaria da chave mestra que, devo lembrá-lo, somente o chefe Kubis possui — disse o dr. Vöegler. — Como eu iria fazer isso? Evaporando de um lado e reincorporando do outro, feito o conde Drácula? E o senhor acha possível que eu tenha entrado na cabine do judeu, produzido uma fumaça altamente tóxica que, de algum modo, não afetou nem a mim, e tido tempo para sair da cabine da vítima e voltar para a minha, enquanto o sujeito acordava, saía correndo para o sanitário, trancava a porta e caía morto?

— Concordo que é bastante improvável — disse Bruno. — Mas não impossível. E como já li certa vez em algum lugar, "uma vez eliminado o impossível, o que restar, por mais improvável que seja, é a verdade". E o fato permanece: as únicas pessoas com quem a vítima interagiu foram as que jantaram com ele ontem.

— Incluindo o chefe Kubis, que nos serviu — lembrou o dr. Vöegler. — E tem a chave mestra das cabines.

— A idoneidade do comissário-chefe Kubis está acima de qualquer questionamento! — protestou o comandante Eckener.

— Não estou querendo insinuar nada, comandante — disse o doutor. — Mas os senhores já cogitaram a hipótese de um suicídio? Lembro-me de ler nos jornais de um caso, um senhor inglês que, ao ser condenado por fraude, ingeriu cianureto no tribunal. Talvez o judeu tenha feito isso, não sei.

— Curioso, tanto Mr. Hay quanto a baronesa Van Hattem levantaram essa hipótese — observou Bruno. — Mr. Hay parece crer, inclusive, que o sujeito fosse algum tipo de comunista disfarçado.

— Espere um pouco... o sujeito era judeu, homossexual e, não bastasse isso, ainda por cima era comunista? — o dr. Vöegler riu. — Será que deveríamos nos importar tanto assim com essa situação toda?

— A polícia brasileira vai querer saber — lembrou o comandante.

— Bem, isso é verdade — concordou o dr. Vöegler. — Se for assim, talvez o senhor devesse verificar aqueles anéis enormes nas mãos da baronesa. Ou o que levaria um inglês, a bordo de uma aeronave alemã, a ter tanta certeza de que outro passageiro seja um espião. Afinal, se o senhor se lembrar, quem primeiro levantou suspeitas quanto à identidade de Otto Klein foi nosso querido Mr. Hay.

Bruno coçou o queixo e balançou a cabeça em concordância.

— Considere a possibilidade de uma morte por suicídio, Herr Brückner. Se lhes for conveniente, posso providenciar um atestado de óbito confirmando isso.

— Obrigado, Herr *Doktor*, vou levar sua gentil oferta em consideração. De todo modo, obrigado pelos seus esclarecimentos. Me desculpe se o coloquei contra a parede, mas era necessário sondar todas as possibilidades.

— De modo algum, *mein* Herr. Compreendo que faça parte do seu ofício.

Bruno se levantou do sofá, devolveu a valise ao dr. Vöegler, e os dois se cumprimentaram. Depois que o doutor saiu, o comandante perguntou:

— E então, o senhor consegue concluir algo disso tudo?

— Eu preciso pensar e refletir sobre a questão. Que horas são? Onde estamos agora, exatamente?

— É quase uma da tarde. Daqui a uma hora, vamos nos aproximar da cidade de Vitória.

— Hm. — Bruno coçou o queixo — A que horas está prevista nossa chegada ao Rio de Janeiro?

— Se não houver muitos ventos contrários, a previsão é chegarmos aos céus do Rio de Janeiro entre meia-noite e uma da madrugada. Devido ao adiantado da hora, iremos sobrevoar a baía de Guanabara por algumas horas e desembarcar apenas pela manhã, perto das seis.

— Então esse é o tempo que terei para chegar a uma conclusão — anunciou Bruno. — Até lá, observarei nossos suspeitos para ver se percebo algo mais.

— Perfeitamente — o comandante fez menção de que abriria a porta da cabine, mas hesitou. — Uma última coisa, Herr Brückner. O senhor tem algum motivo para suspeitar do comissário-chefe Kubis?

— Para lhe ser franco, comandante, não, nenhum. Por quê? O senhor tem?

— Não, de modo algum. Mas ele está conosco há décadas, e eu detestaria imaginar que ele tem algum envolvimento nisso.

E, tendo dito isso, abriu a porta e os dois saíram.

9

O almoço estava delicioso: como entrada, serviu-se sopa de tomates, seguida por costeletas de porco assadas, acompanhadas de repolho roxo, purê de ervilhas e salada de pepinos. Para a sobremesa, torta de limão com creme.

Bruno Brückner almoçou em companhia de um casal de brasileiros que não falavam uma única palavra de alemão. Com eles, descobriu que seu parco conhecimento de português era o suficiente para uma comunicação básica, mas não o bastante para compreender tudo o que diziam. E aqueles brasileiros em especial falavam rápido, muito rápido. E sem parar. A certa altura, Bruno se limitou a sorrir e balançar a cabeça em concordância, gentilmente.

A baronesa Van Hattem, o dr. Vöegler e Mr. Hay sentaram-se em mesas separadas. O comissário-chefe Kubis circulava por entre as mesas com a amabilidade de praxe, mas, de tempos em tempos, olhava ansioso para Bruno. O capitão Eckener passou rapidamente pelo salão-restaurante para cumprimentar os passageiros. Seu filho, o timoneiro Knut, surgiu na entrada do corredor, olhou para Bruno e voltou para a ponte de comando.

Mais tarde, procurou o comandante Eckener na *Steuerraum* e expôs a seguinte situação: era necessário reunir os três principais suspeitos, o comissário-chefe Kubis, o comandante e ele próprio no mesmo ambiente, para confrontá-los e expor suas conclusões. Mas não via como reunir seis pessoas com discrição dentro do espaço do *Graf Zeppelin*.

— Na realidade, há um local que podemos utilizar, sim — disse o comandante Eckener. — Aqui mesmo.

Bruno olhou ao redor: a *Steuerraum* era espaçosa o bastante para que seis ou sete pessoas ficassem de pé dentro dela, o problema era que possuía duas aberturas, feito janelas, para a sala de navegação.

— Posso limitar a equipe de navegação ao mínimo necessário — observou o comandante.

— Alguém da tripulação é filiado ao Partido Nazista?

— O capitão Lehmann e os navegadores Pruss e Wittemann são nazistas.

— Então que sejam eles — pediu Bruno.

Eckener ergueu a sobrancelha, desconfiado.

— Que mal lhe pergunte, mas por quê?

— *Führerprinzip*, comandante. É o princípio da liderança desenvolvido por Hitler — disse Bruno. — "O líder está sempre certo", sua palavra é lei. E as conclusões a que cheguei, comandante, vão requerer uma solução... drástica e inusitada. Que parecerá cruel num primeiro momento, mas os verdadeiros nazistas vão reconhecer sua legitimidade e obedecer intuitivamente.

O comandante Eckener fica suspeitoso.

— Eles são leais a mim.

— E continuarão sendo, comandante. Mesmo o senhor irá concordar que a conclusão dessa situação será inevitável. — Bruno olhou ao redor, para além das janelas envidraçadas da cabine, para o céu e as nuvens sob o sol do final de tarde. — Onde estamos agora?

— Estamos nos aproximando do cabo de São Thomé — disse o comandante.

— O dia está bonito — concluiu Bruno.

— Sim. Teremos um lindo pôr do sol.

Ao se aproximar do fim da tarde, conforme passava de mesa em mesa servindo café, biscoitos e bebidas, o chefe Kubis foi, aos poucos, alertando os três passageiros de que sua presença seria em breve requisitada na cabine de comando, para que lhes fossem dados os devidos esclarecimentos quanto à conversa que tiveram com Herr Brückner e o comandante naquela manhã.

Eram seis da tarde quando o comissário-chefe bateu à porta da cabine de Bruno Brückner, que havia tirado o resto da tarde para cochilar no sofá de sua cabine, e naquele momento lia tranquilamente.

— Já estão todos à sua espera, Herr Brückner.

Bruno fechou o livro e acompanhou o comissário-chefe Kubis pelo corredor, atravessando o salão-restaurante até a proa, para então entrar na sala de navegação, contígua à *Steuerraum*. A porta atrás de si foi fechada.

Na sala de navegação ficaram o capitão Ernst Lehmann e os navegadores Max Pruss e Anton Wittemann. Na parede divisória, um par de janelas se comunicava com a sala de comando.

E ali, aglomerados dentro daquela sala envidraçada, tendo acima de si as nuvens e abaixo o litoral brasileiro, e banhados pela luz alaranjada do poente, pairavam o comandante Hugo Eckener e seu filho Knut ao timão, a baronesa Fridegunde van Hattem, o doutor Karl Kass Vöegler, Mr. William Hay e o comissário-chefe Heinrich Kubis.

Bruno tomou a palavra.

— Senhores, serei direto. Eis os fatos: um homem foi assassinado a bordo do LZ 127 *Graf Zeppelin* durante a última madrugada. Esse homem, que embarcou com um passaporte falso sob o nome Otto Klein, na realidade era um fotógrafo judeu que se chamava Jonas Kurtzberg. Seu corpo foi encontrado esta manhã no sanitário masculino, que estava fechado por dentro. A causa da sua morte foi devida ao contato com cianureto.

Ainda que seja difícil dizer *como* ele foi envenenado, o fato é que o veneno só passou a provocar-lhe efeitos graves quando, ao que se supõe, sentiu ânsias de vômito, ocasião em que correu para o sanitário masculino. Isso se deu após as quatro da madrugada, depois dos malotes do correio aéreo serem largados em Salvador. Mr. Hay alega ter escutado passos no corredor ao menos duas vezes. O dr. Vöegler diz que uma dessas vezes foi ele próprio quem se dirigiu aos banheiros no meio da madrugada. A baronesa não se lembra de ter escutado nada, e eu, sinceramente, tampouco. Mas eis o que descobrimos a respeito desse judeu: primeiro, que ele não era qualquer fotógrafo, mas um especialista no tipo de nus masculinos publicados em revistas voltadas para homossexuais, que o dr. Vöegler aqui abomina com todas as suas forças. O bom doutor possui na sua maleta um vidro de ácido clorídrico que, em tese, poderia ser usado para gerar cianureto, se posto em contato com a tintura de azul da Prússia que encontramos nos pertences da vítima...

O dr. Vöegler estufou o peito pronto para protestar, mas Bruno ergueu a mão, pedindo-lhe calma, e continuou:

— Kurtzberg também tinha consigo uma fotografia de Fridolin van Hattem, o sobrinho da baronesa que... — aqui ele outra vez ergueu a mão pedindo silêncio, no momento em que também a baronesa estufou o peito para protestar. — Calma, minha senhora, não há nada de comprometedor na fotografia em si, e tampouco estou fazendo insinuações. Eu apenas ia dizer que isso criava uma ligação inegável com seu nome e abria muitas possibilidades de investigação, incluindo a de algum tipo de extorsão, devido aos problemas que a empresa do seu marido teve com os sindicatos em anos recentes. Ah, sim: devo acrescentar que também se levantou a possibilidade de que o sujeito pudesse ser um agente comunista disfarçado, que teria cometido suicídio ao pressentir que seu disfarce estava por ser revelado. Diga-se de passagem, uma tática muito comum, como sugeriu Mr. Hay, entre os espiões durante a Grande Guerra. Dadas as circunstâncias, essa também não era uma possibilidade que eu pudesse ignorar. Agora, também eu li minha cota de romances ingleses, Mr. Hay, e por mais divertidas que fossem, lembro-me bem dos sentimentos antigermânicos nos livros de Wells, de Erskine Childers, na obra *Os 39 degraus* de Buchan, enfim, o bastante para desconfiar das intenções britânicas quando seus cidadãos empreendem viagens para fora da sua ilha. Se o senhor tem algum outro indício que prove que Kurtzberg era um agente comunista e queira nos revelar agora, fique à vontade...

— Como você disse, foi apenas um palpite — sorriu Mr. Hay. — Um *forte* palpite.

— É claro — disse Bruno. — Mas, por último, há também o comissário-chefe Kubis, que tem cumprido com requinte e competência seu papel de mordomo neste luxuoso hotel voador no qual estamos todos hospedados, e que teve contato com a vítima, afinal o recebeu e serviu-lhe todas as refeições e bebidas, mesmo que eu não veja motivo algum que o levasse a querer cometer um crime desse tipo, numa companhia onde serve há mais de vinte anos. Esses são os fatos.

— Ora, vamos logo com essa pantomima — resmungou o dr. Vöegler, e tomou a mão da baronesa, erguendo-a de um modo um tanto brusco. — Alguém já conferiu os anéis desta mulher?

— *Com licença*, o que está pensando? — protestou a baronesa, puxando de volta o braço. — O que têm meus anéis a ver com isso?

— Nada. Como tampouco teriam os de Lucrécia Bórgia...

— Não se exaltem, por favor — disse Bruno. — Já cheguei a uma conclusão.

E então se voltou para o comandante Eckener.

— Comandante, Jonas Kurtzberg cometeu suicídio.

— Quê? — o comandante ficou chocado. — O senhor tem certeza disso?

— Não, de modo algum. Mas, para realizar uma investigação completa, eu necessitaria da análise de um legista, teríamos que interrogar todos os passageiros e a tripulação, vasculhar todo o dirigível atrás de indícios, incluindo os alimentos utilizados a bordo. Isso causaria um enorme constrangimento aos passageiros e um escândalo que iria deliciar a imprensa no mundo todo. Afinal, as pessoas adoram escândalos envolvendo os ricos e bem-nascidos. Seria má propaganda para o governo alemão e má propaganda para sua companhia que, pelo que o senhor mesmo me contou, já enfrenta pressões do ministro Goebbels. E tudo isso para quê? Para fazer justiça a um judeu homossexual e possivelmente comunista? Que viajava sob identidade falsa? Dr. Vöegler, o senhor não concorda comigo? Baronesa? Mr. Hay? Capitão Lehmann, Herr Pruss, Herr Wittemann…. Não é o objetivo da causa ariana extirpar esse câncer que corrompe nossa sociedade? Ora, alguém dentro desta aeronave, alguém *dentro desta sala*, se precipitou e nos deixou com esse constrangimento em mãos. E por isso, me parece que há uma única saída para esta situação.

— E qual seria? — perguntou o comandante Eckener.

— Uma de que o senhor não irá gostar muito — sorriu Bruno. — Mas que tem a vantagem de ser muito prática. Contudo, ela necessita da concordância de todos os que estão aqui presentes. Um pacto, por assim dizer.

Então escutaram sua proposta.

E balançando a cabeça, em silêncio, concordaram com tudo, ainda que alguns, como no caso de Eckener, de seu filho Knut e do comissário-chefe Kubis, o tenham feito com visível desgosto.

Lá fora, a luz sumia no horizonte a oeste, e o mundo abaixo era tomado pela luminosidade sombria e bela do crepúsculo.

O jantar foi servido ao anoitecer.

O *Graf Zeppelin* passou ao largo da costa do Rio de Janeiro, e das janelas os passageiros puderam apreciar as luzes da cidade vista do alto, com a baía de Guanabara iluminada pelo colorido feérico do Cassino da Urca. Às dez horas, foi passada uma mensagem de rádio anunciando que o zepelim iria sobrevoar Santos e São Paulo ao longo da noite, e aportar no Rio de Janeiro somente pela manhã.

Às onze e meia, quando todos os passageiros já haviam se recolhido às suas cabines, o capitão Lehmann e os navegadores Pruss e Wittemann cruzaram o salão-restaurante e entraram na cabine da vítima. O corpo foi enrolado em lençóis, e pesos foram amarrados em seus pés. A maleta com as revistas, as fotografias e os passaportes foram entregues a Bruno, que se encarregaria de queimá-los em terra, assim que desembarcasse e tivesse meios para isso.

À meia-noite, enquanto os passageiros dormiam, a porta de embarque do zepelim foi aberta, e um corpo foi desovado nas águas da baía de Guanabara. Não seria a primeira vez, e certamente não seria a última.

O dirigível sobrevoou São Paulo durante a madrugada e voltou ao Rio de Janeiro. Às quatro da manhã, o comissário-chefe Kubis foi de porta em porta, acordando os passageiros. A capital brasileira era o fim do trajeto, dali o zepelim voltaria para Recife e de lá seguiria rumo aos Estados Unidos, e, como todos teriam que desembarcar, formou-se fila conforme os passageiros foram tomando conta do lavabo e dos banheiros.

Às seis da manhã, o LZ 127 *Graf Zeppelin* baixou de altitude sobre a região do Campo dos Afonsos, a oeste do Rio, próximo à Escola de Aviação Militar. O comandante Eckener comentara com Bruno que engenheiros alemães já haviam escolhido a área onde seria construído um hangar próprio para os dirigíveis da LZ na capital brasileira, mas as obras ainda não haviam se iniciado.

Primeiro subiram a bordo os homens da alfândega, os da polícia marítima e os da saúde do porto, para as inspeções de praxe. Em seguida, os passageiros começaram a descer. Na pista, um motorista do Syndicato Condor se aproximou do comandante Eckener:

— Há algum Otto Klein a bordo? Disseram-me para buscar um Otto Klein — ele apontou o carro. — Conexão para Buenos Aires.

— Não — disse o comandante. — Seu nome nos foi passado, mas ele não embarcou conosco em Recife. Não fomos avisados do motivo. Talvez tenha perdido o voo ou desistido.

O motorista deu de ombros.

— Que coisa. Bem, vou avisar o pessoal lá, então.

Bruno Brückner viu Mr. William Hay desembarcar sem se despedir, entrando em um táxi sem sequer olhar para trás. Tampouco a baronesa Fridegunde van Hattem lhes dirigiu a palavra, senão para um breve e seco *auf Wiedersehen*. Apenas o dr. Vöegler fez questão de lhe dar adeus, e, antes de entrar no carro que o levaria à sua conexão para São Paulo, interpelou Bruno:

— Eu só gostaria de lhe dizer, Herr Brückner, que dadas as circunstâncias, sua solução para o problema foi a ideal. E bastante elegante também.

— Obrigado, Herr *Doktor*. E que o senhor faça uma boa viagem até São Paulo. Espero que encontre um público receptivo entre os brasileiros.

— Ah, serão sim, não se preocupe. — Pôs o chapéu na cabeça, deu um leve toque na aba e uma piscadela cúmplice. — Tenho certeza de que serão.

Vöegler entrou no carro e partiu.

Bruno entrou no táxi e cruzou a cidade com o rosto colado à janela, em um olhar entre o atento e o maravilhado. Perguntou ao motorista se passariam por Botafogo, pois queria ver o

Pão de Açúcar mais de perto. O motorista brasileiro, selecionado pelo Syndicato Condor por supostamente falar alemão, se expressava de modo rocambolesco com um peculiar sotaque brasileiro, que Bruno achou divertidíssimo. Passaram por Botafogo, apontou o Pão de Açúcar e o Cassino da Urca, e depois partiram rumo a Copacabana pela orla da praia.

Sentiu o calor, viu os banhistas e as pessoas na rua, e se deu conta de tirar o casaco do terno, arregaçar as mangas da camisa até os cotovelos e afrouxar o nó da gravata no pescoço. Chegou em frente a seu hotel e desceu. Antes, perguntou ao taxista:

— Como o senhor pronunciaria esse nome em português?

E mostrou-lhe o passaporte de Jonas Shmuel Kurtzberg, já sem a foto.

— Jonas... ah... Ximael... Cruz... bergue...? Ah, doutor, que nome complicado. Se falar só Jonas Samuel Cruz, fica mais fácil.

— Obrigado.

Guardou o passaporte e desceu do táxi. Fez check-in no hotel enquanto as malas que trazia consigo eram levadas ao quarto, depois subiu. Deu uma generosa gorjeta ao mensageiro, fechou a porta e apreciou aquele amplo espaço do quarto todo para si.

A primeira coisa que fez foi abrir a maleta com o material fotográfico de Jonas Kurtzberg e verificar o estado da câmera e das lentes, uma boa Leica como aquela não era coisa barata. Fechou a maleta.

Abriu a outra maleta que descera com ele no desembarque, buscou alguns papéis e documentos, e começou a rasgá-los um por um. Em seguida, tirou a roupa e tomou um banho frio. Depois de todos aqueles dias de viagem a bordo do zepelim, sentia falta de tomar um banho de verdade.

Sobre a cama, o malão com suas roupas, que fizera a viagem no bagageiro do dirigível, estava aberto. Estava no ato de escolher roupas limpas, quando o telefone do quarto tocou. Atendeu. Um recado foi passado pela telefonista. Ele anotou um endereço.

Logo depois, desceu até a recepção e pediu um táxi. Sem aquele sombrio terno negro, e vestindo calças e casaco cinza- -claro por sobre uma camisa de linho branca, os cabelos ainda úmidos do banho, parecia outra pessoa, mais relaxado e à vontade. É incrível como uma troca de roupas e uma mera mudança de postura podem transmutar uma pessoa em outra.

Quando entrou no táxi, pediu:

— Leve-me ao Hotel Glória.

Não ficava muito longe dali. O táxi deu algumas voltas e parou em frente à imponente entrada neoclássica do prédio branco de um hotel que, naqueles tempos, só rivalizava em luxo com o Copacabana Palace.

A recepção estava bastante movimentada, e ele a atravessou sem que ninguém o interpelasse no caminho. Tomou direto o elevador e pediu o sexto andar ao ascensorista, até o quarto cujo número ele havia anotado.

Bateu à porta. Uma voz familiar respondeu em inglês:

— Já vou, um momento.

A porta foi aberta. William Hay não pareceu surpreso ao vê-lo.

Bruno sorriu:

— Pensou que ia escapar de mim?

10

Berlim, maio de 1933.

A flor de prata do gramofone vibra ao reproduzir a música de um piano, enquanto a luz do projetor cruza o ar escuro, tomado pela fumaça de cigarros, lançando suas luzes e sombras contra a parede: o filme reproduzido é *Anders als die Andern*, "Diferente dos outros".

Na tela, o violinista Körner lê nos jornais sobre diversos suicídios que se julgam inexplicáveis, mas que ele próprio sabe serem devidos aos inúmeros casos de chantagem a que muitos homens estavam sujeitos, para que não se revelasse publicamente que eram homossexuais. Interpretado por um jovem Conrad Veidt, antes de ser alçado ao estrelato com *O gabinete do dr. Caligari* e se tornar o grande galã do cinema alemão, o personagem surge como um homossexual elegante, efeminado e sensível. A certa altura, tem-se uma visão: diante de seus olhos, Körner vê passar uma procissão composta por Oscar Wilde, Tchaikóvski, Leonardo da Vinci e Frederico II da Prússia, dentre muitos outros, sobre os quais despencam sucessivas espadas de Dâmocles. Entra o intertítulo: "*Nenhum dos milhares que celebram o brilhante artista suspeita de que ele sofre de inclinações que são punidas pela sociedade com o banimento*".

Surge agora o jovem estudante Kurt, atormentado pelos pais, que desejam que ele se case, e pelos colegas, querendo levá-lo para a farra. Mas entre dançarinas e prostitutas, ele rejeita seus avanços. A cafetina olha desconfiada para a tela: "*Se esse rapaz é normal, então eu sou virgem*".

Enquanto isso, o violinista busca ajuda. Primeiro, com um hipnotizador, sem sucesso. Então procura um médico, o dr. Magnus Hirschfeld, que surge na tela interpretando a si mesmo e diz, tanto ao personagem quanto à plateia: "*O amor pelo mesmo sexo pode ser tão puro e nobre quanto aquele pelo sexo oposto. Essa orientação pode ser encontrada em muitas pessoas respeitáveis em todos os níveis da sociedade*".

Liberado de sua angústia, o violinista Körner passa a viver a vida. Uma de suas primeiras conquistas é o malandro Bollek, que conhece em um baile. Mas em seguida, durante um concerto, Körner é procurado pelo jovem estudante Kurt, seu grande fã, que deseja se tornar seu pupilo.

"*Meu mais ardente desejo se tornará realidade, se você aceitar se tornar meu professor de violino.*"

Körner aceita. Não há, na tela, nada que torne o filme censurável, mas, para o espectador atento, está tudo ali: mestre e pupilo trocam olhares intensos e sorrisos, seus abraços e cumprimentos parecem se prolongar sempre por um segundo a mais, os dois caminham de braços dados pelo parque. É em uma dessas caminhadas que eles cruzam novamente o caminho do malandro Bollek, o qual vê os dois como uma oportunidade.

Segue-se a chantagem: dinheiro ou escândalo. Körner é levado a seu limite, e decide então processar Bollek por extorsão. O chantagista é condenado e enviado à prisão; porém, pelo parágrafo 175 do Código Criminal germânico, que condena qualquer relação entre pessoas do mesmo sexo, a vítima também se torna culpada. Vem o escândalo público, a infâmia recai sobre o grande artista. Atormentado, Körner se suicida com uma overdose de comprimidos. Durante o funeral, o jovem Kurt se desespera, atira-se sobre o caixão e diz que também vai se matar. A cena toda é bastante melodramática. Eis que reaparece o dr. Magnus Hirschfeld, que consola o amante desesperado: *"Se você quer honrar a memória do seu amigo, então não deve tirar sua própria vida, mas seguir vivendo. Viva para mudar os preconceitos dos quais este homem se tornou vítima — uma dentre tantas. Essa é a missão de vida que lhe dou. Como Zola, que lutou em prol de um homem que pereceu injustamente na prisão, o que importa agora é restaurar a honra e a justiça para todos aqueles que vieram antes de nós, que estão conosco e que virão depois. A justiça será alcançada pelo conhecimento!"*.

O filme se encerra.

A luz é acesa no estúdio de J. Kurtzberg, *Moderne Fotokunst*, um grande aposento que ocupa a cobertura de um moderno bloco de apartamentos. O espaço é iluminado por uma comprida claraboia, que pode ser coberta e descoberta conforme a necessidade de alterar a quantidade de luz. Uma das portas dá para o cômodo que foi transformado em quarto escuro para revelações, outra dá para um banheiro. Uma divisória esconde uma cama de casal e um moderno armário móvel para solteiros com design de Joseph Pohl. Há mesas com tampo de vidro, armários metálicos, uma caixa de gelo e meia dúzia de cadeiras Brno, seu último fetiche bauhausiano que, junto de duas poltronas Barcelona, um sofá tubular de metal com almofadas de couro e alguns tapetes, serviam de assentos naquele cinema clandestino improvisado.

Alguém começa a abrir as cervejas e a servir os copos. O rapaz inglês se levanta da poltrona, pega um e se aproxima de Jonas.

— Devo dizer, eu me acostumei rápido aos falados — comenta Willy Hay. — Agora, toda vez que vejo um filme mudo, a música de orquestra me soa pouco harmônica. Isso quando não falta afinidade entre som e imagem, e os personagens ficam sofrendo ao som de um foxtrote.

— Você é tão esnobe... — replica Jonas. — É só o que tem a dizer? Falar dos aspectos técnicos do filme?

Willy bebe um gole de sua cerveja e sorri aquele seu sorriso manhoso.

— Estou só provocando você, seu tolo. Gostei do filme. É um pouco didático demais e artístico de menos, mas é revigorante ver alguém como nós na tela, sem subterfúgios. Imagino como deve ter sido a recepção a esse filme quando foi lançado há... quanto tempo? Catorze anos?

Sim, Jonas assente. Aquele filme tivera uma importância pessoal para ele, na época. Tinha então dezesseis anos quando o mundo emergiu do pesadelo autodestrutivo de uma guerra que deveria acabar com todas as guerras. Um ano depois, assistiu a *Anders als die Andern* em uma sessão de cinema lotada. Apesar da polêmica envolvendo o filme, o tema era uma novidade, e seu enredo melodramático entretinha. Naquele mesmo ano, na aurora de um mundo de novas possibilidades, um grupo de médicos, intelectuais e políticos havia se reunido, em um casarão perto do Tiergarten de Berlim, e inaugurado a primeira instituição independente do mundo voltada ao estudo da sexualidade e à cura do sofrimento. Seu fundador, Magnus Hirschfeld, dedicara a vida a extirpar preconceitos criados pela moralidade religiosa e comprovar, através da ciência, que as ditas anomalias sexuais não eram patologias, e sim características biológicas tão naturais quanto a cor da pele ou o daltonismo. Com seu lema, "através da ciência, à justiça", seu plano era repelir o famigerado parágrafo 175 do Código Penal alemão, que punia criminalmente quem mantivesse relações com pessoas do mesmo sexo.

Jonas acompanhou tudo pelos jornais: grupos nacionalistas e antissemitas interrompiam sessões, alegando que o filme "envenenava a moralidade"; um pastor acusou o filme de querer converter os jovens em homossexuais, ao retratá-los como sendo iguais às pessoas "normais e saudáveis", usando como argumento um caso do qual "ouvira falar" de um homossexual que saiu pelas ruas atraindo crianças, feito o flautista de Hamelin. Com a paciência de um santo, o dr. Hirschfeld tentava explicar que ninguém, nem mesmo um filme, pode mudar a orientação sexual de uma pessoa.

E Jonas, que começava a explorar as possibilidades da fotografia, a compor imagens com luzes e sombras, mas sentia que seu trabalho — fotos de amigos, paisagens — era excessivamente formal e asséptico, percebeu que não tinha só o direito, mas a obrigação de pôr mais de si no que fazia, de libertar a si mesmo através de seu olhar para que, sem medos nem receios, adquirisse a sinceridade que tornaria seu trabalho mais pessoal. Eram os melhores anos da Bauhaus, dos surrealistas, das pinturas de Chirico às fotografias de Man Ray; tudo isso Jonas absorveu, acrescentando o interesse de sua época pelo corpo atlético, pela saúde física e pelas caminhadas ao ar livre dos movimentos de juventude.

Mas homens como o dr. Hirschfeld, que buscava esclarecer e educar através da ciência, e Adolf Brand, com seu impraticável anarcoegoísmo e o elitismo de sua *Der Eigene* buscando abrir caminho pelo prestígio intelectual, pertenciam a uma geração mais antiga, eram criaturas do século XIX. Foi questão de tempo até que Jonas se associasse ao editor Radszuweit.

Friedrich Radszuweit e sua Liga dos Direitos Humanos pertenciam a um ramo mais moderno do movimento, nascido no século XX. E se havia algo em que Radszuweit acreditava era que suprir as necessidades por *entretenimento* era algo tão essencial, tão libertador e tão importante quanto instruir seu público. De que outra forma, dizia, iriam chegar a um público menos esclarecido, para o qual a leitura dos tratados científicos de Hirschfeld ou do ambicioso jornal literário de Brand eram inacessíveis?

— Não é um *grande* filme — completou Jonas. — Mas na época era bom entretenimento, e me ajudou a ver muita coisa com mais clareza.

Os dois beberam mais um pouco e permaneceram em silêncio. O clima no estúdio estava tenso, tão opressivo que nem mesmo a bebida poderia fazer com que relaxassem. A espada de Dâmocles havia voltado a pender sobre a cabeça de todos nos últimos meses, desde que o Partido Nazista compusera a maioria no Parlamento, garantindo, com o sarcasmo e o cinismo habituais, que "iriam respeitar a Constituição".

— Estou pensando em voltar para a Inglaterra — diz Willy. — Você deveria vir comigo. Soube do que aconteceu esta semana no instituto do dr. Hirschfeld, não?

Jonas balançou a cabeça em sinal afirmativo. Era apenas o mais recente de uma série de ataques que sua comunidade vinha sofrendo desde que Hitler se tornara chanceler. Seu editor, Radszuweit, havia morrido no ano anterior acreditando que os nazistas não levariam tão a sério os ataques que faziam aos homossexuais em suas publicações, mas, já no começo daquele ano, todos os bares e salões de dança para homossexuais haviam sido fechados, até mesmo o lendário El Dorado. Naquele último sábado, o Institut für Sexualwissenschaft havia sido invadido e depredado por membros da Juventude Hitlerista, que, aos gritos de "queimem Hirschfeld", espancaram a equipe e confiscaram a biblioteca, para uma queima pública de livros. O próprio dr. Hirschfeld estava em viagem pelo exterior, promovendo seu último livro. Nunca mais voltou à Alemanha.

— As coisas estão ficando muito estranhas, e muito rápido — disse Willy.

— Isso não vai continuar assim por muito tempo — garantiu Jonas. — Os outros partidos, o sistema político, isso tudo irá moderá-los. A coisa toda contra os judeus é só propaganda. Você vai ver, eles vão ter mais o que fazer do que ficar importunando judeus. Além do mais, eu iria para onde? Eu nasci aqui, este é meu país. Os nazistas são só uns fanáticos, que não entendem minha posição.

— Que posição, Jonas? Você é judeu. É um *Mischling*, como dizem. Você já viu aquele Goebbels falando? Eu vi e fiquei horrorizado. O modo como ele discursa, o tom sensacionalista, a linguagem religiosa, como se Hitler fosse um novo messias. Ele parece estar louco de ódio por vocês.

— Que bobagem. Minha mãe era alemã. E eu nem me importo com religião, você sabe muito bem. Meu pai tampouco se importava. Estamos neste país há séculos. Judeus aqui são só os imigrantes que vieram da Europa Oriental depois da guerra. Jogaram em cima deles a culpa de tudo que deu errado e... Willy, o que foi?

Willy parecia distraído, olhando para os outros homens no salão. Ergueu a mão, pedindo que Jonas se calasse.

— Não está escutando isso?

Eram muitas vozes, que pareciam subir pelos corredores do prédio feito a rebentação na beira da praia, vozes que iam subindo pelas escadas como a maré, até irromperem estúdio adentro na forma de uma milícia composta por oito ou nove homens usando camisas pardas e braçadeiras com suásticas, gritando suas palavras de ordem, "Alemanha acima de tudo". E logo estariam acima de todos.

Nenhum dos que estavam presentes naquela sessão de cinema clandestina sabia, mas no começo da semana, quando o instituto de Hirschfeld fora invadido, não haviam sido confiscados apenas os livros e estudos, mas também os registros com nomes e endereços de todos aqueles que, de alguma forma, haviam frequentado o instituto ou se associado a ele. E Jonas Kurtzberg constava nos registros.

Nenhum deles ali presentes sabia, mas naquela noite as milícias nazistas estavam percorrendo as bibliotecas e livrarias da cidade, confiscando livros de autores que fossem identificados como socialistas, pacifistas, judeus, homossexuais ou de algum modo antipáticos aos nazistas. Existia uma livraria ocupando uma das lojas do andar térreo, e havia uma placa no térreo que anunciava "J. Kurtzberg: *Moderne Fotokunst*", indicando o último andar. Assim, nunca se soube se foi por coincidência ou intenção que, dentre os milicianos, estivesse um certo Heinrich Wagner, jovem bávaro de pálidos cabelos louros, com quem Jonas havia dançado em um dos extravagantes *Puppenbälle*, que depois posara para algumas fotos nunca publicadas, e que convenceu os demais milicianos a subirem as escadas.

Um tumulto seguiu-se à entrada dos camisas-pardas no estúdio. Martin König, que trabalhara como leão de chácara no cabaré El Dorado até seu fechamento e que vinha alimentando uma fúria assassina pelos nazistas, mergulhou naquele mar revolto de milicianos e começou a bater, fazendo o nariz de um sangrar e quebrando uma garrafa de cerveja no rosto de outro. Rudolf Richter, jornalista e ex-namorado de Jonas, pegou uma das cadeiras Brno do estúdio e a quebrou na cabeça de outro, para em seguida sair às pressas do estúdio, empurrando todos pelo caminho; ao ser agarrado por um camisa-parda, rolou com ele pelas escadas.

Jonas puxou Willy Hay pelo ombro e o levou em direção à janela que dava para uma saída de incêndio. Os dois desceram feito desesperados, sem olhar para trás, escutando apenas o eco de gritos, vidros quebrando e cadeiras sendo derrubadas.

Foram dar em um beco escuro na lateral entre os prédios, mal iluminado pela luz de um poste na rua, que invadia o beco de modo oblíquo. Mas duas sombras lhes bloquearam a luz e o caminho. Antes que pudessem reagir, Jonas foi derrubado com um soco no estômago pelo primeiro vulto; Willy recuou contra a parede, encurralado pelo segundo, e começou a falar muito rápido, em inglês, pedindo para que não o machucassem. O miliciano lhe deu uma chave de braço e o agarrou pelos cabelos, virando seu rosto na direção de Jonas.

Jonas foi golpeado com um pedaço de cano, e, ao cair, encolheu-se tentando proteger a cabeça de mais golpes. Suas costelas e um braço foram quebrados. Depois começaram os chutes. Jonas vomitou. O homem se agachou e lhe deu um soco na cabeça, então o segurou pelos cabelos e esfregou o rosto de Jonas contra o próprio vômito, enquanto gritava: "depravado, degenerado, estou fazendo um favor à sua família!". Jonas já não enxergava direito, devido ao inchaço na têmpora que deformava seu rosto e o recobria de sangue.

Tudo o que conseguiu ver de seu agressor foram os coturnos se afastando alguns passos para dentro do beco, e então uma voz lhe disse:

— Venha aqui.

Escutou o clique do engatilhar de uma pistola.

— Venha aqui ou morre.

Jonas se arrastou no chão, tentando evitar apoiar o peso no braço quebrado. Quando chegou diante dos coturnos, escutou:

— Lambe.

Ergueu a cabeça, confuso, e, com o único olho que ainda não estava fechado pelo inchaço, encarou o homem que estava prestes a matá-lo, e cujo rosto agora se punha a favor da luz.

Estatura: mediana. Formato do rosto: oval. Cor dos olhos: cinzenta. O sotaque denunciava: Munique. Até os últimos dias de sua vida, Jonas Kurtzberg jamais esqueceria aquele rosto, o qual somente meses depois descobriu pertencer a um homem chamado Otto Klein.

— Lambe ou morre.

Jonas obedeceu. Abriu a boca dolorida, projetou a língua devagar, lambeu a ponta do coturno, deixando nela um rastro de saliva e sangue.

— Aprenda isto, viadinho: agora você não é nada, e eu sou tudo.

A seguir, Jonas recebeu um último chute no rosto e desfaleceu. A última coisa de que se lembrou daquela noite foi o gosto adocicado do sangue preenchendo sua boca, os dois camisas-pardas se afastando do beco, suas silhuetas sombrias recortadas contra a luz, e Willy se agachando ao lado dele, falando coisas ininteligíveis em meio a uma crise de choro.

Acordou em um quarto de hospital com o braço enfaixado, sem sentir direito o próprio rosto, entupido de analgésicos e morfina. Ainda assim, o médico disse que ele teve sorte: apesar do estrago em algumas costelas, uma vez diminuído o inchaço dos hematomas, retirados os cerca de quarenta pontos distribuídos entre o rosto, os braços e o tórax, e passados os dois meses de gesso no braço quebrado, Jonas ficaria apenas com algumas cicatrizes. Foi um milagre ter saído vivo daquela noite.

Seu irmão e a cunhada vieram visitá-lo quando os curativos foram retirados. Ela, assim que o viu, começou a chorar; já o irmão respirou fundo. Jonas, que ainda não vira em que estado havia ficado sua face, pediu que lhe alcançassem um espelho, que sua cunhada encontrou na bolsa. Ao se ver no espelho, o rosto ainda inchado, cheio de hematomas e parecendo suturado por Kandinsky, comentou que agora, enfim, poderia tentar uma carreira no cinema.

— Vou ser o novo Boris Karloff.

Então teve um ataque de riso, que rapidamente se converteu em uma crise de choro.

Willy também o visitou. Contou a Jonas que voltara ao estúdio no dia seguinte e conseguira salvar bastante coisa dos negativos, parte de seu equipamento, algumas fotos e revistas, mas não soube mais nada de seus amigos.

Naquele mesmo dia, o que Willy viu ser feito com os livros na Opernplatz foi uma coisa que nunca imaginou que veria um dia. Na grande fogueira, observou queimarem Hemingway e Wells e Huxley e Joyce e Fitzgerald e Kafka e Tolstói e Górki e Dostoiévski e Musil e Gide e Brecht e Einstein e Zweig e Schnitzler e Nabokov e Proust e Zola; arderam no fogo Hellen Keller e Walter Benjamin e Lukács e Marcuse, Oscar Wilde e Radcliffe Hall e Isaac Babel e Herman Hesse e Jack London e Joseph Conrad e Mark Twain e Thomas Mann e Victor Hugo e John dos Passos e Erich Maria Remarque, e até mesmo o *Bambi* de Félix Salten; viu queimarem a Bauhaus de Gropius e Kandinsky e a psicanálise de Freud, queimaram os livros de estrangeiros e de emigrantes, dos excessivamente intelectuais e dos liberais democráticos, e, sobretudo, queimaram de todos aqueles que tivessem alguma vez manifestado, por escrito ou oralmente, qualquer crítica aos nazistas ou a seu líder.

Jonas ficou sabendo também que Adolf Brand, editor da *Der Eigene*, mandara uma carta a todos os seus colaboradores anunciando o fim do movimento homossexual na Alemanha. Um de seus principais líderes, Kurt Hiller, havia sido preso pela Gestapo e enviado ao campo de prisioneiros de Oranienburg. Outros estavam simplesmente desaparecendo. Lotte Hahm também havia sido atacada no clube Violetta, e Jonas ouviu dizer que muitas lésbicas estavam se casando às pressas com seus amigos homossexuais, para evitar maiores perseguições. Os nazistas falavam em um novo império, um Terceiro Reich, contra o qual o terceiro sexo não teria chances. Dessa vez, quando Willy falou novamente em ir embora, ele aceitou. Vamos sair da Alemanha, sair da Europa, vamos para um lugar ensolarado onde a música esquente e a bebida refresque.

— Vamos para o Brasil. Você vai gostar de lá — disse Willy.

Setembro de 1933. Na estação de trem, Jonas Kurtzberg se despede do irmão, da cunhada e do sobrinho, o pequeno Josef, de dez anos, um menino de olhar atento e imaginação vívida, que era para ele como seu próprio filho. O menino entrega ao tio um cartão de despedida dentro de um envelope. No desenho, Josef havia desenhado seu tio, de chapéu na cabeça e com a mão erguida em despedida, dentro de um dirigível que sorri como uma amigável baleia voadora. Jonas guarda o envelope com o desenho no bolso do casaco e sorri, afagando os cabelos do garoto. Então beija o rosto da cunhada, e a seguir abraça o irmão com força, dizendo que, cedo ou tarde, hão de se encontrar de novo. Foi a última vez que os viu com vida. Apesar dos inúmeros esforços que empreendeu na tentativa de retirá-los da Alemanha, dali a cinco anos os três seriam levados para o campo de Sachsenhausen. Nunca mais se teria notícias deles.

Jonas viaja sozinho. As nove horas de viagem até Friedrichshafen são longas, e ele toca constantemente no próprio bolso do casaco, de modo ansioso, conferindo se o passaporte ainda está ali. Em questão de horas, sua vida ficará nas mãos de um balão, e ele estará fora do alcance do governo e de suas milícias.

Aqueles meses de recuperação desde o ataque foram tortuosos: sair à rua lhe provocava crises de pânico, cada esquina continha uma ameaça em potencial, cada pessoa que cruzava seu caminho — da simpática senhora que passeava com seu lulu ao padeiro de quem sempre comprava pão, as pessoas não eram mais as mesmas. Cada um em seu caminho poderia ser um eleitor *dele*, um simpatizante de suas ideias histéricas e violentas, alguém que iria sorrir e lhe dar bom-dia enquanto secretamente desejava que ele deixasse de existir sobre a face da Terra. Tudo estava preto no branco agora, as próprias ruas se tornavam labirintos formados por prédios que eram apenas formas geométricas projetando sombras alongadas, habitados por vampiros e *golens*, aguardando o momento em que Jonas seria levado feito sonâmbulo ao gabinete em que selariam seu destino final. Foi então que decidiu que, se algo desse errado até o dia de sua partida, daria fim à vida em seus próprios termos. Conseguiu com um farmacêutico uma cápsula com cianureto, e, por longos seis meses, andou com ela no bolso do casaco, tocando-a toda vez que se sentia ansioso ou acuado, apenas para se certificar de que continuava ali, como um amuleto.

Pois o que havia escutado dos que foram presos e conseguiram sair também o deixara profundamente perturbado. Alguns dias antes de partir, reencontrara Rudolf Richter, seu ex-namorado que fugira do estúdio correndo pelas escadas, derrubando todos pelo caminho. Ele acabou preso mesmo assim e enviado para o campo de Columbia-Haus. Conexões familiares conseguiram fazer com que fosse solto, mas ele havia voltado um farrapo.

— Eles estão reformando as prisões — contou-lhe Rudolf. — Dizem que serão convertidas em algum novo tipo de campo de prisioneiros.

E Rudolf então lhe contou da carga de trabalhos exaustivos a que os prisioneiros homossexuais como eles eram submetidos, muito maior do que a de qualquer outro prisioneiro, pois era crença corrente que o trabalho duro os curaria. Contou dos estupros que ele e outros homossexuais estavam sofrendo, das surras, de ter os testículos mergulhados em água fervente, as unhas arrancadas, contou das coisas que lhes introduziam no ânus para divertimento dos guardas, algumas tão compridas que perfuravam seus intestinos e os faziam sangrar até a morte, contou daqueles que foram simplesmente espancados até morrer, enfim, de como eram tratados como a mais baixa das criaturas. Pois, aos olhos nazis, que cultuavam sobretudo a própria masculinidade, eles eram mais baixos até mesmo do que ciganos ou judeus.

Rudolf havia conseguido sair, mas seu nome ainda permanecia em uma lista. Eles mantinham vários nomes em várias listas. Desde o início do ano, quando o Reichstag aprovara a lei que dava plenos poderes a Hitler, a primeira coisa que os nazistas fizeram foi perseguir professores, médicos e advogados que não estivessem alinhados com o governo. Pouco antes de Jonas embarcar, uma nova lei passou a permitir que os nazistas retirassem a cidadania de qualquer um que considerassem "indesejável". Tinha certeza de que seu nome também já constava em alguma lista. Exceto que agora ele não se chama mais Jonas Kurtzberg.

Rudolf Richter acabou sendo preso de novo, junto de Martin König, o imenso leão de chácara que derrubara uns tantos camisas-pardas na invasão ao estúdio de Jonas. Dessa vez foram enviados para o campo de Buchenwald, onde era costume dar aos prisioneiros homossexuais a tarefa de preparar moldes de barro para os guardas praticarem exercícios de tiro ao alvo. Porém os guardas, ao verem os prisioneiros que utilizavam as braçadeiras com triângulos rosa, preferiam mirar diretamente nelas. Já Heinrich Wagner, o belo e louro jovem bávaro que conduziu os milicianos até o estúdio de Jonas, não teve um destino muito melhor. Um ano depois da invasão ao estúdio, ele estava no Hanselbauer Hotel de Munique, na cama e nos braços do *Stabschef* Edmund Heines, que era muito próximo a Ernst Röhm, quando Hitler e Himmler decidiram eliminar toda a liderança da SA. Era a Noite dos Longos Punhais, e o jovem Heinrich foi executado naquela mesma madrugada, tendo recebido, antes de morrer, a duvidosa honraria de ser agredido pelo próprio Führer, que o teria estapeado, enojado — ou ao menos foi o que a versão oficial disse. Que Röhm, Heines e muitos dos oficiais das SA fossem homossexuais era um segredo de polichinelo, mas ajudou a fornecer a justificativa perfeita de uma "limpeza interna" para o que, no final das contas, era tão somente uma disputa de poder.

Ao chegar ao campo de pouso da Luftschiffbau Zeppelin, Jonas entrega a passagem e tem seu passaporte conferido. Tudo está em ordem, todos que precisaram ser subornados foram subornados, todo o seu dinheiro, os títulos e as ações foram empregados no processo de falsificar seus documentos para que se tornasse agora o policial Bruno Brückner, uma escolha deliberada feita sob o pressentimento, aliás bastante correto, de que em uma sociedade baseada em concordância não se questiona a legitimidade de figuras de autoridade. Quando desembarcar no Brasil, são e salvo, voltará a ser Jonas Kurtzberg, e para isso guarda, no fundo falso da maleta onde leva seu equipamento fotográfico, um envelope com seu passaporte original, apenas tomando o cuidado de umedecer o papel no vapor de uma chaleira e descolar sua foto.

Outra escolha deliberada foi optar por voar em um dirigível, algo que sempre desejou, mas nunca havia feito. Três ou quatro dias no ar seriam muito melhores do que uma quinzena balançando em alto-mar. Havia algo de extravagante na ideia, um último e elegante floreio daquela sua vida anterior.

Ele vê Willy embarcar também, e os dois se comportam como completos desconhecidos, uma cautela a mais para quem já estava mergulhado em ansiedades, a todo momento tocando nervosamente na cápsula de cianureto no bolso do casaco, apenas para se certificar de que ela continuava ali.

Quando o LZ 127 *Graf Zeppelin* levanta voo, Bruno respira aliviado, vendo pelas janelas a Alemanha ficar para trás. Não há mais nada para ele naquele país. Mesmo que não fosse judeu, mesmo que não fosse homossexual, qualquer um que fosse considerado demasiadamente artístico ou intelectual estaria em perigo. Bertold Brecht foi o primeiro a ir embora, partindo para a Dinamarca. Fritz Lang, convidado por Goebbels para comandar os estúdios da UFA, disse obrigado, vou pensar na proposta, e fugiu para Paris. Kandinsky foi pelo mesmo caminho, enquanto Paul Klee emigrou para a Suíça, onde já estava Thomas Mann, alertado pelos filhos de que talvez fosse mais seguro nem voltar para a Alemanha. Já Conrad Veidt, casado com uma judia, fugiu com a esposa para Londres.

Mas muitos ficariam. Aqueles que não eram nem socialistas, nem comunistas, nem pacifistas, nem judeus, nem homossexuais, que não tinham apreço excessivo por culturas estrangeiras nem criavam nenhuma arte demasiado moderna, que não se importavam em não dizer nada que contrariasse a vontade do líder, pois o líder estava sempre certo, esses aceitaram o que, logo depois, Klaus Mann acusaria como sendo um pacto com Mephisto.

Em 16 de outubro de 1933, enquanto aguardava no hotel em Recife, ele viu aquele rosto outra vez. O que aquele homem fazia ali, do outro lado do oceano? Não sabia, não queria saber, tampouco se importava. Se tivesse uma arma em mãos, poderia tê-lo assassinado ali mesmo no restaurante do hotel, diante de todos.

No trajeto do táxi de volta ao Campo de Jiquiá, ele montou seu plano. E assim que entrou na cabine e conferiu a nova lista de passageiros que era entregue antes da partida, viu que havia um único novo nome alemão acrescentado a bordo: Otto Klein. Tirou a cápsula de cianureto do bolso: tinha o tamanho de uma bala de fuzil, grossa como seu dedo mínimo, e lhe ocorreu que seria muito fácil sacá-la do bolso, mantê-la oculta na mão e polvilhá-la sobre um prato de comida ou bebida como quem adoça o prato. Bebeu seu uísque com soda e foi até a cabine de Willy para expor seu plano.

— Ele não sai daqui vivo.

— Você não vai querer que ele caia morto na mesa de jantar — disse Willy.

— Vou dividir a dose pela metade, não será imediato.

— E como vai fazê-lo engolir isso?

— No jantar. Ou no café da manhã. No almoço, no próximo jantar, não faltarão oportunidades. Eu improviso.

— Ele vai reconhecer você.

— Não vai.

— Como pode ter tanta certeza?

— Eu simplesmente *sei* que não vai.

Não era somente porque fora atacado em um beco escuro e mal iluminado, ou porque não devia ter sido a única pessoa espancada por Otto Klein naqueles meses, ou porque quem bate esquece, mas quem apanha, jamais. A realidade era que, se uma pessoa pode parecer muito mais jovem do que é aos trinta anos, também pode parecer muito mais velha. E desde que saíra do hospital, e sempre que se olhava no espelho, Jonas percebia que fora do primeiro ao segundo caso, tendo envelhecido dez anos em cinco meses.

Diz-se que sorte nada mais é do que o nome para quando a preparação encontra a oportunidade. Otto Klein calhou de sentar-se à mesa com ele. Como previsto, não o reconheceu. Não era apenas a postura de Jonas — eram os modos calmos e à vontade, uma tranquilidade fria e vingativa. O disfarce também ajudava: o toque final, o pingente do partido nazista, causava uma dissociação tão radical em sua imagem que, mesmo alguém que o conhecesse bem, olharia duas vezes para se certificar de que era mesmo ele, Jonas Kurtzberg, utilizando aquele pingente.

A cápsula de cianureto estava em seu bolso. Bastou uma troca de olhares com Willy e este entendeu o recado. Com o charme diabólico de quem foi educado em colégios ingleses, Willy deixou sua colher cair suavemente no chão acarpetado e tomou a colher da baronesa para si. Ela só percebeu a ausência do talher quando a sobremesa foi servida.

— Oh, acho que o senhor pegou minha colher de sobremesa, Mr. Hay.

— Não, esta é a minha — disse Willy. — Talvez tenha caído para baixo da mesa, não? Deixe-me ver... ah, sim. Está ali, aos pés de Herr Klein.

Era o sinal para que Jonas desatarraxasse a tampa da cápsula. O tempo de todos se reclinarem foi o tempo de, com a cápsula entre os dedos, ele despejar a dose de cianureto sobre o sorvete de Otto Klein.

Klein comeu, e Willy o irritou da forma mais cirúrgica possível. Klein se retirou. Era questão de tempo agora.

Ao amanhecer, tendo Jonas acordado bem cedo e vendo que a porta do sanitário estava trancada, uma espiada para dentro da cabine de Otto Klein o certificou de que era ele quem estava trancado dentro do sanitário. E então teve uma ideia. Voltou para sua cabine e buscou as fotos e revistas que trazia consigo, no fundo falso da mala de roupas. Separou a foto de Fridolin, dentre a de tantos outros rapazes que havia fotografado, e mais duas revistas, e as enfiou na maleta em que levava sua câmera, as lentes e algum material fotográfico, incluindo o vidro com o azul da Prússia. E buscou também seu passaporte original, que estava sem a foto. Largou tudo na cabine de Otto Klein, o passaporte casualmente caído ao chão, ao lado do sofá-cama.

Um detalhe final: vendo o terno de Otto Klein pendurado no cabideiro, procurou em seus bolsos e encontrou o passaporte. Pegou a caneta e fez pequenas marcas nos carimbos de visto. Vasculhou a valise de Otto Klein, a verdadeira valise, e levou-a para sua cabine. E então esperou.

Que o comandante Eckener pedisse a ele para conduzir a investigação foi um bônus bastante agradável. Na posição de autoridade, tinha a palavra para determinar qual passaporte era verdadeiro e qual era falso, para interrogar os suspeitos e criar dúvidas sobre suas intenções — a obsessão da baronesa com Lucrécia Bórgia, o ácido clorídrico na valise do doutor, até mesmo os modos educados de Willy, que o faziam parecer um daqueles gentlemen espiões dos livros de John Buchan, dando veracidade à hipótese de que a vítima fosse um agente comunista sob disfarce. E por fim, um toque pessoal: fazer com que os próprios nazistas se encarregassem de se livrar do corpo de um dos seus, sepultando a verdade no fundo da baía de Guanabara.

— Pensou que ia escapar de mim? — disse Jonas Kurtzberg, assim que Willy abriu a porta do quarto no Hotel Glória.

— Nem por um segundo.

Assim que a porta foi fechada, beijaram-se. Descalçando os sapatos, tirando os casacos e cintos e arrebentando botões nas camisas e nas braguilhas, derrubaram-se na cama e fizeram amor pela primeira vez em meses, com uma satisfação agressiva e furiosa, até que caíssem exaustos e exauridos, a pele úmida de suor colando nos lençóis.

Relembraram aqueles últimos dias aos risos: aquele teatro horroroso discorrendo sobre "arte degenerada", a expressão no rosto de Willy, ao ser surpreendido pelo interrogatório e tendo de improvisar, ora jogando aos leões a reputação de Fridolin, ora sugerindo um complô comunista. Ah, se Willy tivesse visto a cara da baronesa falando de seu sobrinho Fridolin, "um anjo, vai todo dia à missa". E aquele médico detestável, lembrou Willy, que não era capaz de enxergar um judeu sentado à sua frente, mas só faltou decretar que Otto Klein era descendente direto do rei Davi. Gargalharam.

Jonas se esticou até seu paletó.

— Ah, droga. Esqueci o maço de cigarros no quarto do outro hotel.

— Vamos descer para comprar — sugeriu Willy. — Vamos caminhar um pouco no calçadão, ver o movimento.

Vestiram-se e desceram juntos pelo elevador.

No caminho, pararam em uma banca de revistas e viram o anúncio: "cigarros Marca Veado: para chique ou pé-rapado". Jonas comprou um maço, tirou um cigarro para ele e outro para Willy, que os acendeu com seu isqueiro, bateu a tampa em um floreio rápido e o guardou no bolso.

O céu cintilava de azul como água-marinha sobre as areias da praia, onde risos e gritos de alguns meninos brincando ecoavam; senhoras em maiôs negros e chapéus de palha, debaixo de guarda-sóis, acenavam para que as crianças não entrassem muito fundo na água, homens e rapazes usavam calções de banho ridiculamente largos, com a linha da cintura à altura do umbigo. No calçadão, cocos suavam gelados e a manteiga derretia sobre espigas de milho nas mãos de seus vendedores, enquanto o vento soprava fresco o cheiro salgado da maresia, o cheiro do horizonte. Tudo ali era amplo, tudo era horizonte, tudo eram possibilidades.

Os dois caminharam por algum tempo, seguindo o ondulado preto e branco do calçadão da praia, quando Willy comentou:

— O que não entendi foi por que ele estava em Recife.

— Quem, Otto Klein? Foi apenas uma coincidência — disse Jonas.

— Mas quem será que ele era, afinal de contas?

Jonas também havia se perguntado isso. Até aquela viagem, nunca ficara sabendo a identidade de seu agressor. Vasculhara a maleta de Klein em busca de indícios e encontrara cartas comerciais, documentos timbrados, o *Anuário de bolso do pequeno comerciante*, e de fato ele era apenas isso, um comerciante que, até aquele ano, não havia sido nada além de dono de um pequeno empório em Munique, um exemplar da pequena burguesia que era a base de sustentação política dos nazistas. Algumas cartas na maleta de Otto Klein indicavam que ele, como muitos outros alemães, patrocinava e organizava um dos vários clubes de tiro que serviam como ponto de encontro e treinamento das milícias locais. Milícias estas que, durante a eleição, costumavam sair às ruas para enfrentar os comunistas ou qualquer um que tivesse a ousadia de vestir vermelho.

Mas Hitler era agora chanceler. E Otto Klein, na ressentida mediocridade de sua vidinha como pequeno comerciante de Munique, passou a conseguir generosos contratos de fornecimento, e bons contatos no Brasil para a importação de café. O que, ainda assim, não respondia à pergunta: quem era, afinal, Otto Klein?

Ele não era ninguém. Ou melhor, ele era todo alguém que não é ninguém. Ele era todos aqueles que se sentiam humilhados pela grande derrota coletiva da guerra e por suas retaliações abusivas. Aqueles que não tinham nada que os definisse exceto a soma de seus pequenos fracassos e suas frustrações pessoais, e, incapazes de enfrentá-los, haviam se tornado presas fáceis de paranoias genéricas, misticismos messiânicos e o ódio por tudo que fosse diferente de si: o culpado universal de todos os males, o *outro*, o grande artífice da conspiração mundial que era a explicação de todos os males reais e imaginários. Ele era todo aquele que, acuado pela crise econômica, fermentando em ressentimentos sociais e atormentado por moralismos puritanos, foi alimentado por mais de um século de discursos nacionalistas pregando sua própria superioridade. E que teve enfim todos os erros e lacunas de sua educação, e todas as suas fantasias de poder canalizadas pelos discursos de soluções simplistas e tresloucadas de oradores tão caricatos que ninguém os levou a sério até que fosse tarde demais.

Otto Klein era, enfim, todo aquele que se apegou a quem lhe fornecera um novo senso de pertencimento, de identidade, uma identidade que fosse unida pela devoção incondicional a um líder que havia ele mesmo feito da soma de seus fracassos um emblema de orgulho, em uma comunidade onde o conceito de "fanatismo" era agora visto como uma qualidade positiva, sinônimo de heroísmo e virtude. Ele agora saberia quem era. Não estaria mais sozinho, pois seria parte de algo maior, uma causa que se tornava tão nobre que nenhum escrúpulo poderia se interpor no caminho dela: o expurgo e purificação de tudo que não fosse um reflexo de si mesmo e que, portanto, enfraquecia sua nação: judeus, ciganos e eslavos, homossexuais e "degenerados" em geral; e também os que eram velhos, os que eram fracos e todos os doentes mentais e pacientes psiquiátricos; e os comunistas, socialistas, anarquistas, pacifistas e todas as ideologias exceto a sua, que se tornaria então não mais uma ideologia, e sim a única verdade possível, a única identidade possível, que seria de tal modo amalgamada à identidade nacional até que fosse impossível separar o alemão do nazista, e tudo o que um não fosse, não seria o outro. Otto Klein não era ninguém e era muitos.

— E contudo, não conseguem ser mais do que gângsteres — Jonas acrescentou, ao final. — Bandidos de bairro, golpistas de sarjetas e valentões de becos, agora elevados aos mais altos postos. Não consigo ver diferença entre eles e os mafiosos dos filmes americanos.

— Calma, homem, tudo isso ficou para trás — disse Willy. — A Europa ficou para trás, estamos no Brasil agora. Vamos nos divertir por alguns dias. Vamos aproveitar o tempo que temos, pois receio que logo papai vai me querer de volta a Londres.

— Preciso de trabalho. Preciso juntar dinheiro. Preciso tentar tirar a família do meu irmão de lá — disse Jonas.

— Vou dar alguns telefonemas, falar com alguns conhecidos de papai, ver o que podemos conseguir para você — garantiu Willy. — E deve haver uma comunidade judaica bem organizada aqui. Não vai ser difícil para alguém com seu talento para a fotografia, com seu olhar, encontrar trabalho. Agora esqueça tudo isso, esqueça Otto Klein. E você não precisa mais ficar se passando por outro. Pode voltar a ser o bom e velho Jonas Shmuel Kurtzberg...

— Ou Jonas Samuel Cruz — completou.

Passou por eles, vindo da praia, um rapaz bronzeado e atlético usando apenas um calção de banho, o corpo uma escultura de músculos e tendões, sua pele salpicada de gotas borrifadas, como água sobre borracha. Ambos viraram o rosto ao mesmo tempo, e o rapaz, percebendo-se observado por ambos os *gringos*, parou e retribuiu-lhes o olhar com um sorriso luminoso e malandro, prono de propostas ambíguas.

Sim, pensou Jonas, ao sentir o calor do sol de verão contra o rosto. Podia pressentir as sombras em seu caminho. Haveria o desespero, a profunda tristeza e a sensação de impotência diante da máquina do mundo. Mas ao menos por enquanto, ao menos por um instante, ele precisava sentir o sol de verão contra o rosto, o sal do mar em sua pele, e viver o mais intensamente possível cada instante a mais que conquistara para sua existência. Era algo que aquele outro sentimento, que mais tarde seria definido como "culpa de sobrevivente", aquele nó na garganta toda vez que se lembrasse da família e dos amigos que perdeu, não permitiria por um longo tempo que Jonas chamasse de felicidade. Mas que era, ao menos por enquanto, um contentamento, uma satisfação raivosa por ter contrariado todos aqueles que desejaram seu apagamento, ao teimar em permanecer vivo. Pois se havia algo de que até o fim de seus dias ele nunca sentiria culpa foi ter feito com que Otto Klein se tornasse, enfim, um bom nazista, do único modo concebível que um nazista possa ser bom: estando morto.

Selo postal Z-9, de 1930, emitido pelos Correios do Brasil para ser usado exclusivamente nas correspondências enviadas por via aérea pelo *Zeppelin*.

Nota do autor

Agradeço pelas leituras, comentários e incentivos de Carlos André Moreira, Matheus Gonçalves, Marcelo Ferroni, Marianna Teixeira Soares, Rafael Bassi, Rafael Kasper, Raquel Cozer, Tamara Machado Pias e Tobias Carvalho, ao meu editor André Conti e seu olhar de polímata; e ao professor Ricardo Timm de Souza, cujas aulas sobre a linguagem do pensamento idolátrico, e a fascinação filatélica pelo *Zeppelin*, acenderam a fagulha que resultou neste livro.

© Samir Machado de Machado, 2023.
Publicado mediante acordo com MTS Agência.

Todos os direitos desta edição reservados à Todavia.

Grafia atualizada segundo o Acordo Ortográfico da Língua
Portuguesa de 1990, que entrou em vigor no Brasil em 2009.

capa e ilustração de capa
Giovanna Cianelli
ilustrações das páginas 6-7
Marcelo Pliger
composição
Jussara Fino
preparação
Silvia Massimini Felix
revisão
Gabriela Rocha
Tomoe Moroizumi

2ª reimpressão, 2025

Dados Internacionais de Catalogação na Publicação (CIP)

Machado, Samir Machado de (1981-)
O crime do bom nazista / Samir Machado de
Machado. — 1. ed. — São Paulo : Todavia, 2023.

ISBN 978-65-5692-408-3

1. Literatura brasileira. 2. Romance. 3. Segunda
Guerra Mundial. I. Título.

CDD B869.3

Índice para catálogo sistemático:
1. Literatura brasileira : Ficção B869.3

Bruna Heller — Bibliotecária — CRB 10/2348

todavia

Rua Luís Anhaia, 44
05433.020 São Paulo SP
T. 55 11. 3094 0500
www.todavialivros.com.br

fonte
Register*
papel
Pólen bold 90 g/m²
impressão
Geográfica